非常識な愛情

答えない裕之に、陣内がその指を口の中に押し込んだ。細くて長い陣内の指が、口腔を犯す。指は前歯の裏から上顎をなぞった。たったそれだけで、体の中を指で犯された感触が甦る。

非《ひ》常《じょう》識《しき》な愛《あい》情《じょう》

いおかいつき

ILLUSTRATION
佐々木久美子《ささきくみこ》

非常識な愛情

幸《こう》か不幸かと聞かれれば、田中裕之《たなかひろゆき》は間違いなく幸運だろう。

世の中は相も変わらず就職難で、大学在学中に就職先を見つけることのできた裕之は、そういう意味で幸運だった。しかも希望していた出版社だ。裕之の入社した江青《こうせい》出版は、中堅《ちゅうけん》どころの総合出版社として、幅広い刊行物を発行している。不満があるなどと言ったら罰《ばち》が当たる。

そうは思っていても、裕之の口から出るのは深い溜息《ためいき》だった。

「何をしけた面《つら》してやがる」

編集長が後ろを通り過ぎざま、手にしていた夕刊を丸め、裕之の頭を叩いた。

今年四十歳になった編集長は、上背も横幅も裕之より大きい。本人は軽く叩いたつもりでも、叩かれたほうは意外に痛いと感じていることに、気付いていないようだ。

裕之は叩かれた頭を手のひらでさすりながら、

「どうやったら、俺にもこんな記事が書けるのかって思ってたんです」

編集長を見上げ、質問とも独り言とも取れる言葉を口にする。

目の前には刷《す》り上がってきたばかりの、明日発売の雑誌『トピックス』がある。

裕之は二年前の入社以来、この雑誌の記者をしていた。だが、一度も署名《しょめい》入りの記事を書いたことはない。正確には記事は書くのだが、採用されないだけだ。何度提出しても、使えないと突き返される。そんな毎日に、自分は記者に向いていないのではないかと、裕之は悩み始めていた。それで出た溜息だった。

裕之が志《こころざ》していたのは、記者ではない。文芸誌の編集だ。入社試験の面接でも、担当した小説をベストセラーにしたいと言った。だが、配属されたのは『トピックス』編集部だった。しかも記者としての配属。それでも、与えられた仕事はやり遂《と》げようと、裕之なりに頑張ってきた。二年経ち、未だ、満足のいく結果は得られていない。努力が結果に表れず、また表す術《すべ》もわからない。それが歯がゆかった。

デスクの上の雑誌は、トップ記事のページが開いてある。その記事を書いたのは、裕之よりも五年先輩の如月《きさらぎ》慎吾《しんご》だ。『トピックス』のエース記者と言われ、ほぼ毎号、署名入りの記事を書き、その大半が目玉となるトップ記事になっている。

「だったら、まず記事になるようなネタを拾ってこい」

編集長は自分のデスクに着くと、眼鏡《めがね》のレンズをティッシュで拭《ふ》きながら、裕之の独り言に答えた。言われるまでもなく、それは裕之にもよくわかっていた。だから、日々、ネタ探しに奔走《ほんそう》はしているのだが、なかなかこれといったネタに出合うことができない。

「ネタって、どこに落ちてるんですか?」

裕之がしみじみとした口調で言うと、編集長は笑い出した。

「まあ、お前に拾えるくらいのネタなら、大したことはないけどな」

笑顔のまま、編集長は毒のある言葉を吐く。

編集長に限らず、この編集部の人間は皆揃って、口が悪い。生真面目で馬鹿正直、言葉一つにも気を遣《つか》う裕之は、一人浮いたような存在だった。そのことが余計に、記者に向いていないと裕之に思わせる原因にもなっていた。

「如月にでも聞いてみたらどうだ？」

編集長が思いがけないことを言い出した。

「あいつはネタの宝庫だぞ」

「それはよく知ってます。でも、如月さんがそんなことを教えてくれる人じゃないことも、知ってますから」

『トピックス』は二週間に一度発売の雑誌で、如月はそれに毎回間に合うように記事を書いてくる。そんなに大量で、しかも目玉になるほどのネタを、如月がどこで仕入れてくるのか、裕之は以前、尋《たず》ねたことがあった。だが、返ってきた答えは、教えないの一言だった。それならと、さりげなく探《さぐ》りを入れてみても、裕之よりも数段上手《うわて》の如月には、はぐらかされるだけだった。同じ編集部とはいえ、記事を書くライバルだ。相手にならないほどの新人でも、如月はハンデをくれるような先輩ではなかった。

「教えてくれないなら、自分で調べればいいだろう。お前は記者じゃないのか？」

編集長の言葉に、裕之は目の覚める思いがした。

すぐに諦《あきら》めていては、何ものにすることはできない。それは事件のネタに限ったことではなく、普段からその気持ちで取り組んでいないから、ネタにも辿《たど》り着けないのだと、編集長は教えてくれているような気がした。

記者を目指していたわけじゃない。だからできなくても仕方がない。心のどこかにそんな思いがあり、それが甘えに繫《つな》がっていた。裕之はそんな自分が恥ずかしくなる。

「今日は如月さんは？」

裕之は編集部内を見渡し、姿の見えない如月の所在を尋ねた。

「さあな。どうせ、取材だろ」

確かめもせずに編集長が答える。

如月には基本的に担当のコーナーなどない。社員でありながら、何ものにも拘束されない常にフリーな立場にいた。それは如月なら必ず記事になるネタを持ってくるからだという、編集長の信頼あってこそ成り立つ関係だ。

「でも今日中に、一度は顔を出すはずだ。それの確認をしないと気が済まない男だからな」

編集長が裕之の机を指さす。

如月は自分の記事が載《の》った雑誌は、刷り上がりを必ずその目で確認するようにしていた。どんなに忙《いそが》しくても、それを欠かしたことはないと、以前にも編集長から聞かされたことがある。

「如月の帰りを待つのはいいが、自分の仕事はきっちりしておけよ」

編集長は、裕之の行動を見透《みす》かしたように言った。

如月と違い、裕之には雑誌に受け持ちのコーナーがある。『性のお悩み相談室』という、いかにも男性週刊誌的な企画コーナーを、裕之は入社以来ずっと受け持っていた。もっとも、悩みに答《こた》えるのは裕之ではなく、街の風俗嬢で、裕之はそれを記事に纏《まと》めるのが仕事だ。

裕之はパソコンの画面に向き直した。途中までは書いてある。

今回は二次元にしか勃《た》たなくなったという、オタク男性の悩みだった。送られてきた葉書の文面を、表現が不適切と思われる箇所《かしょ》だけ直して画面に打ち込んでいく。その後、悩みの答えとして、一度店に来いという風俗嬢の言葉を、文章に起こす。

結局、編集長のオーケーをもらったのは、夜の八時過ぎだった。

「今日はもう上がっていいぞ」

編集長からそう言われて、裕之はとりあえず帰り支度《じたく》を始める。

如月はまだ顔を出さない。裕之がいつもより遥かにゆっくりとした帰り支度を終えても、まだ現れない。今日は諦めるしかないかと思ったとき、賑《にぎ》やかな声がして、如月がやってきた。

「お疲れっす」

残っている編集部員に陽気に声をかけながら、如月は自分の席に着いた。裕之の席とは、配置としては斜め向かい合わせになるのだが、間に堆《うずたか》く積まれた本や書類が視界を遮《さえぎ》り、如月の姿を隠している。だが、早速、記事のチェックをしているらしいのは、気配でわかった。

如月は外見だけを見ると、それほど敏腕《びんわん》な記者には見えない。中身はともかく、線の細い中性的で優しげな顔立ちをしている。初めて会ったときも、エース記者だと言われて、すぐにはピンとこなかったくらいだ。

裕之は如月に見つからないよう、静かに編集部を出た。

編集部は雑居ビルの八階に入っている。いつも不便に思うのだが、それほど大きなビルではないため、エレベーターは一基しかない。そんな状況では、如月の帰りを待っていたら、同じエレベーターに乗るしかなくなる。それでは、如月の跡を尾《つ》けることができない。

裕之は如月を尾行《びこう》するつもりでいた。如月がどんな方法でネタを摑《つか》んでいるのか、如月が教えてくれないなら、それを自分で調べるしかない。

ビルの外で、如月が出てくるのを待つ。入稿《にゅうこう》前でもない。たぶん、原稿チェックだけを済ませたらすぐに出てくるはずだ。

だが、そんな裕之の予想は外れた。如月がビルから出てきたのは、裕之が外に出てから一時間もしてからだった。

十一月に入り、日中はまだシャツだけでも凌《しの》げるが、さすがに夜になると冷えてくる。おかげで、如月の跡を尾け始めてから、僅《わず》か五分もしないうちに、不運にも裕之の口から堪《こら》えきれずにくしゃみが出た。

「お前、何やってんの？」

それに気付いた如月が振り返り、裕之の姿を見つけて呆《あき》れた顔になる。

人通りのほとんどない道で、しかも、裕之は如月より一時間も早く編集部を出ていたはずで、それなのに、如月の真後ろにいる。尾行は隠しようもなかった。

裕之は如月のもとに走り寄り、頭を下げた。

「すみません。如月さんの、ネタ元を知りたかったんです」

「それで俺の跡を尾けたって？」

「すみません」

裕之は顔を上げられなかった。

「馬鹿だなあ、聞けばいいのに」

頭上から聞こえる如月の声が笑っている。

「教えてくれるんですか？」

如月の言葉に、裕之は顔を輝かせて頭を上げた。

如月はにっこり笑って、

「誰が教えるかよ」

裕之の頭を平手で叩いた。

「記者は自分の足で稼《かせ》いでなんぼだろうが」

「すみませんでした」

編集長に乗せられて、間違った方向に突っ走ってしまった。編集長はもちろん跡を尾けろとは言わなかった。他の方法、例えば、如月が口を滑らせるように持っていくとか、そういうことを言っただけだったのかもしれない。だが、それが今更《いまさら》、わかったところで、卑怯《ひきょう》な真似をしたことは消えるはずもなかった。

裕之は申し訳なさと恥ずかしさですっかり項垂《うなだ》れ、如月の顔をまともに見ることができないでいた。

「まあ、いいや。俺、メシまだ食ってねえんだよ。そこの店でラーメンを奢《おご》ってくれたら、許してやってもいい」

二人の進行方向の先には、ラーメンと書かれた看板《かんばん》のあがった店がある。如月はそこを指さして言った。

「俺が奢るんですか？」

裕之の口調に、思わず不満の響きが混じる。

編集部内で裕之は一番の下っ端で、当然、給料もそれに見合って一番低い。しかも、如月には雑誌が出る度にもらえる、トップ記事手当がある。

「同僚の跡を尾けるなんてことしといて、何もなしで許してもらおうって？」

如月が険しい目つきで裕之を睨《にら》む。

「是非《ぜひ》、奢らせてください」

詫《わ》びる方法を明示《めいじ》されては、裕之にそれに逆らう術《すべ》はない。

「いいだろ。奢られてやるよ」

如月が偉そうに言って、先に店に入った。

「よお、いらっしゃい」

店主が気さくな様子で出迎える。

「ラーメン二つね」

如月も慣れた様子で注文し、カウンター席に座った。この様子から、如月がこの店によく来ていることがわかる。

裕之たちの他には、客は一人しかいない。カウンター席だけの小さな店で、十人も入れば満席だ。会社からはそれほど遠くもないのに、こんな店があることを、裕之は今まで知らなかった。

「早く座れよ」

如月に急かされ、隣に座ると、すぐにラーメンが目の前に置かれる。

二人揃ってラーメンに箸を付け、食べ始めてから、如月が口を開いた。

「焦る気持ちも、わかんなくはねえけどな」

さっきの話の続きだ。裕之は手を止め、如月の話に耳を傾ける。

「入って二年目だっけ？」

その問いかけに裕之は頷《うなず》く。

「俺は二年目にはもう、トップ記事を取ってたからな」

「編集長から聞きました」

二年目どころか、如月は入社したその年に、トップ記事を持ってきたという。編集長はそんな如月を身近な目標にしろと言ったが、少しも身近には感じられない遠い目標だった。

「携帯、貸してみろ」

如月が唐突《とうとつ》なことを言い出した。裕之は尾行したという後ろめたさもあり、言われるまま素直にポケットから携帯を出し、如月の前に置いた。

如月は右手で箸を使い、ラーメンを食べながら、左手で裕之の携帯を操作する。

「メモリ、百件ねえのかよ」

裕之の携帯に登録されている電話番号は、百件足らず。如月はそれを指して、不満気に言った。

「社会人になってから、そんなに知り合いは増えてないんですよ。仕事も忙《いそが》しいし」

「馬鹿じゃねえの？」

裕之の言い訳を、如月はばっさりと切り捨てる。

裕之がその理由を聞こうと口を開きかけた。だが、店に入って僅《わず》か五分、如月は器《うつわ》に残った最後のスープを飲み始め、口を挟ませない。

「で、なんで馬鹿かって？」

あっという間に完食した如月が、裕之の疑問を先に言った。

「だって、そうじゃないですか？　毎日、終電近くまで働いて、自分の時間なんてほとんどありませんよ」

「だから、馬鹿だって言ってんの」

如月はそう言って、持っていた鞄《かばん》を開いて見せた。

「携帯が二つ？」

鞄の中には色違いの携帯が二機、入っていた。

「仕事用とプライベート用ですか？」

「バーカ」

如月が笑い出す。

「どっちも仕事用だ。一台じゃ、電話帳のメモリが足りねえんだよ」

裕之は驚いて、思わず自分の携帯を見た。裕之の携帯でも、電話番号は五百件、登録できる。機種の違いはあれど、それほどの古い機種には見えない如月の携帯も、同じくらいは登録できるだろう。

それなのに、如月はそれでも足りないと言っている。

「足と人脈。俺のネタ元はその二つだよ」

如月が日々、編集部に居着かず飛び回っているのは、スクープを取るためだけでなく、人脈を拡げるためだった。

裕之は自分の世界が狭かったことを、改めて思い知らされた。実際、これだけ近くにある、ラーメン店も知らなかった。忙しく飛び回っている如月が知っているのにだ。

記事を書く、それしか頭になく、そのために必要な足場を作ることを忘れていた。これでは、スクープなど取れるはずもない。

裕之は恥ずかしくなって、顔を上げられなかった。

如月がじっと裕之を見つめているのを、気配だけで感じる。

「じゃ、一個だけ、ネタやろっか？」

思いがけない如月の言葉に、裕之は驚いて顔を上げた。如月は笑みを浮かべているが、その笑みの意味が、裕之にはわからない。

「でも……」

「今日明日で、急に人脈が増えるなんてことはない。とりあえず、一本、何かを摑めば、やり方だってわかってくんだろ」

初めて聞く、如月の先輩らしい言葉だった。

「いいんですか？」

「実はな、今、他のことで手一杯なんだよ。これもおいしいネタなんだけど、正直、そこまで手が回んねえんだわ」

「ありがとうございます」

理由はどうあれ、如月の摑んだネタなら、記事になる可能性は高いはずだ。裕之は素直に感謝の言葉を口にした。

「とりあえず、外に出てからな」

如月の言葉の意味は理解できた。

狭い店の中では、会話は他の客にも店主にも筒抜《つつぬ》けだ。せっかくスクープになるかもしれないネタをもらっても、先に他に抜かれれば意味がない。

「早く食っちまえよ。早食いも記者の仕事のうちだぞ」

裕之は慌《あわ》てて残った麺《めん》を口に運ぶ。

「おやっさん、ごちそうさん。うまかった。払いはこいつだから」

店主にそう声をかけ、如月は一足先に店を出ていった。

裕之もスープを飲み干し、二人合わせてちょうど千円を払って、店を出た。奢れと言ったわりには安価《あんか》だったのは、如月なりに裕之を気遣ってくれていたのかもしれない。

店の外では、歩道のガードレールに腰掛けて、如月が裕之を待っていた。

「ごちそうさん」

「いえ、それで」

裕之が早速、さっきの話の続きを如月に促す。

「大西《おおにし》総合病院って知ってるか？」

如月は何の前置きもなしに切り出した。

「名前だけは。個人病院にしては大きな病院ですよね」

何度か見たことのある建物を思い出しながら、裕之は答えた。

大西総合病院は、編集部とは同じ区内にあり、この辺りでは一番大きな病院だ。裕之は掛かったことはないが、前を通ったことは何度もある。

「そこで、医療過誤で患者が死んだって噂《うわさ》があるんだ」

「医療過誤ですか？」

思いがけないネタの大きさに、裕之に緊張感が走る。

「あくまで、噂だけどな」

先走る裕之を抑えるように、如月が同じ言葉を繰り返した。だが、元になる何かがなければ、噂にはならない。

「表沙汰《おもてざた》にはなってないんですね」

「なってたら、スクープになんねえよ」

如月がもっともなことを言う。

「医療過誤ってのは、表に出にくい。病院は閉鎖《へいさ》された社会だ。外部の人間が情報を得るのは、そう簡単なことじゃない」

「騒ぎにならないってことは、医療過誤にあった患者の家族も気付いてないってことですよね？」

「だから、噂なんだよ。肝心の患者の名前もわかっていない。事実だとしたら、よほど隠蔽《いんぺい》工作が上手《うま》いんだろう」

もしそれが本当なら、そんな医師を放っておいていいはずがない。家族の亡くなった理由を知らされずにいるなんて、許されることではない。

裕之は中学生のときに、父親を亡くしている。ガンだった。失望や悲しみはあったが、病院に対しては感謝していた。親身になって面倒を見てくれた、医師や看護師の姿は今も忘れていない。だからこそ余計に、そういった正しい医療関係者に泥《どろ》を塗《ぬ》るようなことは許せなかった。

裕之は憤《いきどお》りで体が熱くなる。

「でも、そんな病院はそのままにしておいたら、いつか、また同様の被害者が出ます」

「おっ、熱いねえ」

如月が冷やかすように言い、それから、すぐに表情を変えた。初めて見るような真剣な顔だ。

「だったら、調べてみろよ。それで、真実を突き止めて記事にすればいい」

裕之は如月を見つめた。言葉にもその表情にも、からかうような様子はない。如月は本気で裕之にネタを提供してくれようとしている。

「ありがとうございます。頑張ります」

裕之は深々と頭を下げ、決意を誓《ちか》った。

「それで、どうやって調べたら」

誓ったはいいものの、裕之は今までこんな大事を取材したことがない。明らかに取材を受け入れてくれなさそうな相手に、どうやって接すればいいのかわからなかった。

「お前、俺に何回、馬鹿って言わせるつもりだ？」

如月が呆れたように言った。

「でも、俺はこんなに大きなネタを取材したことがないんですよ」

裕之の言い訳に、如月が溜息を吐いた。

「そこまで俺が面倒見なきゃなんねえのかよ」

「すみません。ヒントだけでももらえませんか？」

裕之は頭を下げて頼み込んだ。如月に愛想《あいそ》を尽かされても、引き下がるわけにはいかない。どうしてもこのネタをものにしたかった。

「まずは病院に入り込まねえと話になんねえだろ」

「病院に入り込むって言っても、俺、健康体なんですけど」

「人間ドックとか、どうだ？」

「でも、それって、せいぜい一泊二日ですよね？　たったそれだけで証拠《しょうこ》なんか見つけられないでしょう」

それくらいで明らかになる事実なら、とっくに表沙汰になっているはずだ。裕之は思ったことを正直に如月に伝えた。

「馬鹿か、お前。もっと頭を使え。何もその二日で証拠を見つけろって言ってるんじゃない。情報提供者を見つければいいんだ」

「どうやって？」

「せっかくいい顔に生まれてきたんだ。それを利用しろ」

いい顔と褒《ほ》められて、裕之は微妙な心境になる。

確かに裕之は最初はモテる。百七十五センチとそれほど長身とはいえないが、細身の体がそれをカバーし、黒目がちの瞳が印象的で、甘さを残しつつも男っぽい顔立ちをしている。少し癖毛《くせげ》の黒髪は、忙しさにかまけて前髪が目に被《かぶ》さるくらい長くなってしまったが、おかげで掻《か》き上げる仕草が絵になっていることに、裕之は気付いていない。この容姿のおかげで女性のほうから近づいてくることは、しばしばあったが、裕之が素《そ》っ気《け》ない態度を取ってしまうため、すぐに女性は離れていく。ここ数年、それの繰り返しだった。

「看護師は女だ。一人くらい、引っかかるかもしれないだろ」

「そんなこと、できません」

裕之は顔を歪《ゆが》めて拒絶した。

女性を騙《だま》して情報を引き出す。技術的にも心情的にも、裕之にはできないことだった。

「綺麗事《きれいごと》だけで記者がやっていけないってこと、ようやくわかってきたのかと思ったんだけどな」

皮肉っぽい口調で、如月が言った。

「何も騙して情報を引き出せと言ってるんじゃない。ちょっと煽《おだ》てて気分よくして、口を軽くさせろって言ってるだけだ。同僚《どうりょう》の跡を尾けるより、よっぽどマシなことだと思うけど？」

完全に裕之の反論を塞《ふさ》ぐ言葉だった。

「あれもできない。これもできないなんて言ってんなら、記者なんて辞《や》めちまえ。向いてないよ、お前には」

「それは俺が決めます」

売り言葉に買い言葉だ。裕之は思わずそう口走っていた。自分でも思っていることを、人から改めて指摘されると、わかっていても反発心が湧き起こる。

「一人前なこと言うじゃないか」

如月が険しい顔で睨む。

「だったら、このネタをものにできなきゃ、辞めろ。ネタは見つけられない、もらったネタはものにできないじゃ、自分でもわかるだろ。向いてないってな。辞めるきっかけにはちょうどいいんじゃないか？」

「わかりました。このネタを記事にできなければ、辞めます」

勢いで裕之は約束をしてしまう。

これでもう後戻りはできない。噂でしかないネタなのに、これに、裕之の人生が懸かってしまった。だが、確かにいいきっかけにはなる。今の裕之にとって、如月のくれたこのネタだけが、現状を打破する鍵《かぎ》だ。この先、記者としてやっていけるのかどうか。自信を持つことができるのか。それはこのネタに懸かっている。

裕之は気合いを入れ直し、早速取りかかることにした。

◇　◇　◇

大西総合病院は、外から見ていた以上に、中に入ると大きな病院だとわかった。これでは、医療過誤があったとして、どの科で起こったことなのか。そこから、調べなくてはならない。

裕之は病院から用意された検査着に身を包み、慣れない病院の中をさ迷っていた。

初めての大きな取材ということで、昨日は緊張でよく眠れなかった。取材方法を何度もシミュレートし、どういう切り口で病院関係者に接触を図るか、策を練《ね》った。だが、時間がなさすぎた。

如月にネタをもらったのは、一昨日のことだ。その翌日には早速、人間ドックを申し込み、無理矢理に一番早い順番に入れてもらった。それが今日だ。

大西総合病院は、さすがこの辺りでは一番の大きな病院だけあり、なかなかに流行《はや》っているらしく、人間ドックもたまたまキャンセルが出たから、こんな急な日程で受けることができたが、本来なら二週間も先になるところだった。

準備期間もほとんどないまま今日の当日を迎え、病院に足を踏み入れたときには、緊張はピークに達していた。そうなると今度はその態度が不審がられないかと心配になり、ますます緊張が高まる始末だ。

だが、そんな心配は杞憂《きゆう》に終わった。耳にしたことはあっても、実際に体験するのは初めての人間ドックに、余裕などないことが、体験を経《へ》てわかった。

朝一番から休みなく、いろいろな検査に引っ張り回される。血液・尿検査、心電図、レントゲン、次は何室、次は何階と、言われるままに検査を受けた。大学時代に受けた健康診断以降、ちゃんとした検診は初めてで、人間の体にこれだけ検査する箇所があるのかと、裕之は驚かされた。

とても取材どころではなかった。裕之自身も引っ張り回されているせいもあるが、看護師たちに話を聞こうにも、皆、忙しそうに走り回っている。無駄なおしゃべりをする暇《ひま》などなさそうだ。看護師の仕事を中断させることは、患者にとって迷惑になると思えて、話しかけることさえためらってしまう。それに、看護師の数は多くても、なかなか一対一になる機会もなかった。

外来診療が終わる時間になって、ようやく裕之は時間を見つけることができた。それまで忙《せわ》しなく働いていた看護師たちが、休憩《きゅうけい》にでも入るのか、ナースステーションに集まりだした。

「すみません」

裕之はナースステーションにいた看護師たちに声をかけた。そこには五人いたが、全員が女性だった。朝からうろうろしているが、男性看護師の姿はまだ見ていない。

「ちょっと、お聞きしたいんですが」

「なんでしょうか」

真っ先に立ち上がり、裕之に応えたのは、年配の看護師だった。胸のプレートで、この女性が師長であることがわかる。

「この病院で、一番腕のいい先生って、どなたですか?」

話の切り口に、腕が悪いと聞くよりは答えやすいだろうと、裕之は尋ねてみた。朝から考えていた話題だ。まずは話のきっかけが欲しかった。

「うちの先生方は皆さん、優秀です」

看護師を代表し、師長がムッとしたように答える。

「いや、それはもちろんそうでしょうけど」

裕之は慌ててフォローする。この段階で警戒され嫌われては元も子もない。

「自分が今度、病気でお世話になるときには、手術の得意な先生に診《み》てもらいたいと思って」

「手術は得意不得意でするものではありません」

師長はまた素っ気ない答え方しかしなかったが、その後ろから声が聞こえた。

「手術好きの先生なら」

「松岡《まつおか》さん」

うっかり口を滑らせた看護師を、師長が睨む。睨まれた若い看護師は、慌てて口を閉ざした。

裕之は松岡という看護師に、言葉の意味を尋ねたかったが、これ以上、師長に警戒される真似は避けたほうがいいと判断した。

「田中さん、次の検査の時間じゃないんですか？」

師長のほうから、世間《せけん》話は終わりだと告げられる。事実、次の検査の時間も迫っていた。裕之は小さく頭を下げて、ナースステーションの前から立ち去った。

なかなか思うようにはいかない。話しかけることもままならないし、話しかけても、とてもじゃないが、肝心なことを聞き出せるような雰囲気にはならない。

これが如月なら、もっと上手くやれるのだろうと思うと、落ち込みそうになるが、その如月には啖《たん》呵《か》を切ったばかりだ。これ以上、頼りたくはなかった。

裕之は検査の間中、看護師たちからどうやって話を聞き出すか、そのことばかり考えていた。

「田中さん、終わりましたよ」

あまりに考えに没頭《ぼっとう》しすぎて、検査が済んだことに気付かなかった。看護師の呼びかける声で、ようやく裕之は目を開ける。

「眠ってたんですか？」

看護師が尋ねてくる。

「いえ、起きてました。ちょっと危なかったですけど」

「朝、早いですからね」

裕之の答えに、看護師は優しい笑顔を浮かべて答える。

この病院での人間ドックは、朝の八時台から開始される。日頃は昼近くにしか出社しない裕之にとっては、なかなかに厳しい時間だった。

「今日の検査は」

看護師は裕之のカルテを見ながら、

「あと一つですね。もう少し、頑張ってくださ い」

笑顔で裕之を励ましてくれた。

仮に医療過誤があったとして、それを医者一人で揉《も》み消すことは難しいだろう。もっとも、過誤を犯したのが、医者なのか看護師なのかまだわからないが、どちらにせよ、一人きりで犯したとは考えられない。

この時間までに裕之が出会った医者や看護師は、皆、感じがよかった。師長は厳しかったが、それも、病院を思ってのことだし、おかしな態度ではない。この中に、医療過誤を隠蔽するような人がいたとは思えなかった。

「次は三十分後に、二階の検査室ですから、遅れないようにしてくださいね」

看護師の言葉に、裕之は壁の時計を見た。三十分後ということは、次の検査は四時からだ。それまでは休憩ということになる。

裕之はさっき考えていたことを実行に移すことにした。

看護師にも個別の休憩時間はあるはずだ。そのときには、息抜きも兼《か》ねて、きっと詰め所を離れるはずだと裕之は読んだ。だが、それほど遠くには行けない。となれば、病院の中庭か屋上くらいしかないだろう。

裕之はまず中庭に向かった。中庭といっても、周り全てを建物に囲まれているわけではない。病院の敷地内に、建物を挟んで正面玄関とは反対側、つまり裏側に位置しているだけだ。裏庭といったほうがいいかもしれない。入院患者の癒《いや》し効果のためなのか、たくさんの木々が周囲に植えられていた。

裕之が中庭に足を踏み入れると、散策中の車椅子《くるまいす》の患者の他に、ベンチに座る二人組の看護師の姿があった。二人とも、さっきナースステーションにはいなかった。

裕之は気合いを入れ直し、その二人に近づいていった。まずはどんな形ででも、話を聞かなければ始まらない。

「こんにちは」

笑顔で声をかけると、看護師二人は顔を見合わせて笑った。

「えっと、何かおかしいですか?」

笑われたことに不安になり、裕之は尋ねた。

「検査着でここまで来る人って、そんなにいませんから」

看護師の一人にそう言われて、裕之は改めて自分の姿を見下ろした。

病院で用意された検査着は、丈は膝までの長いシャツといったふうで、腰のところを中と外で二カ所結ぶだけの簡単なものだった。安定感のある衣類だとはいえない。

「楽でいいですよ。この時間なら寒くもないし」

裕之はそう言ってから、

「ここ、座ってもいいですか?」

看護師のベンチの隣を尋ねた。

「どうぞ」

一人が裕之のために少し席を詰めてくれる。

最初に笑われたのがよかったのか、警戒はされていないようだ。

看護師たちの手には、紙パックのコーヒーとサンドイッチが握られている。

「今頃、お昼ですか？」

もう午後三時半を過ぎている。裕之は幾分《いくぶん》、驚きの混じった声で尋ねた。

「交替で取るから、こんな時間になる日もありますよ」

「やっぱり、看護師さんって、忙しいんですね」

「記者さんも同じでしょ？」

看護師の言葉に、裕之は言葉をなくす。

そんな裕之の様子に、看護師二人は顔を見合わせて笑った。

「師長から釘《くぎ》を刺されてるんです。田中さんに余計なことを喋《しゃべ》るなって」

「俺が記者だっていうのはどうして？」

「保険証に会社名が書いてありましたから。『トピックス』を出してる出版社なんですよね？」

そこまでばれていては言い訳できない。保険証にまで頭が回らなかった。そこにははっきりと株式会社江青出版と書かれている。裕之は自分の迂闊《うかつ》さを悔《く》やんだ。友達から保険証を借りるなど、他に方法はあったはずだ。

「余計なことを喋るなって言うのは、何か後ろ暗いところがあるから？」

裕之はストレートに尋ねた。

「まさか。でも、嫌《いや》なものでしょう？　調べられるのって」

「それに、患者さんのプライバシーのこともありますから」

看護師たちの言うことはもっともだ。充分、取材に答えない理由になる。

「何を調べてるんですか？」

逆に看護師のほうから尋ねられた。

「それはちょっと……」

裕之は言葉を濁す。

「もしかして、病院ランキングとか？」

看護師の一人が探るように言った。

病院もレストランやホテルのように、格付けされる世の中だ。その種の本が出版され、売れていることは裕之も知っている。

「まだ本決まりじゃないから、はっきりとは言えないんですよ」

裕之は看護師の誤解を利用することにした。医療過誤を調べているというよりは、ランキングの評価をしているというほうが、まだ警戒されにくい気がする。

「それで、腕のいい先生は、なんて聞いたんですね」

納得したとばかりに、看護師たちは頷いた。

これには、裕之の外見も少しは役立っている。もし、裕之が険しい顔のやり手記者の容姿をしていたら、ここまで簡単に納得してくれたか疑わしい。

「だったら、陣内《じんない》先生じゃない？」

「私もそう思う」

警戒心をなくした看護師たちが、二人で頷き合う。

「陣内先生？　もしかして、手術好きの先生？」

裕之はさっきのナースステーションでの会話を思い出して言った。

「あれ、知ってるんですか？」

「さっき、ちらっと聞いただけだけど」

「そう、その先生です。前の院長先生がスカウトしてきたくらいだから。うちでする大きな外科手術は、全部、陣内先生が担当してるんですよ」

「その噂が広まって、外科の患者さんが増えたぐらいだから」

だから、看護師たちの口も軽いのかと、裕之は納得した。ランキングとなれば、その自慢の陣内という医師がいることで、上位に入るとでも思っているのだろうか。

看護師の態度がどこか得意気に見えた。

「へえ、すごいなあ」

裕之は本気で感心した口調になる。

「結構、年配の先生なんですか?」

「お若いですよ。三十四歳だっけ?」

もう一人に確認を取ると、頷いてそうだと返す。

「そんなに若くて、腕がいいなんて、きっとモテるんでしょうね」

医者というだけでもモテるだろうが、そこに腕までいいとくれば、女性は放っておかないだろう。

そう思って言った裕之に、二人は顔を見合わせて笑いだした。

「いくらカッコよくてもねえ」

「ホント。手術が趣味《しゅみ》だっていうのも、ちょっとついていけないし」

よほど腕に自信があるからなのだろうか。手術好きも理解できないが、看護師たちが言うくらいだ、自身でも趣味だと公言しているのだろう、それも理解できない。

裕之はふと何気なく振り返った。

一人の白衣の男が、建物の中から裕之たちのいる中庭を見ていた。窓から見えるだけでも、かなりの長身で、遠目でも眼鏡を掛けていることだけはわかった。裕之が見ていることに気付いたのか、その影はすっと消えた。

「田中さん、次の検査、何時からでしたっけ?」

呼びかけられて、裕之は慌てて視線を戻す。

「えっと、四時」

「じゃあ、もうすぐじゃないですか。私たちも休憩が四時までだから、ついでに検査室までご案内します」

休憩は終わりだと、看護師たちが先に立ち上がった。裕之もそれに続くしかない。

「次、どこだって言われてます？」

「二階の検査室」

裕之が答えると、看護師たちは微妙に笑いを噛み殺したような顔になる。

「何？」

「いえ、なんでもありません」

看護師二人はそう言って歩き出す。

結局、手術マニアの医者がいるということしか聞き出せなかった。少しは親しく話すことはできたが、収穫とまではいえない。情報を聞き出せなくても、情報提供者を見つける。それすらも、できるのかどうか不安になってきた。

建物に入り、階段を上がると、一階の賑わいとは対照的に静まり返っていた。

「ここです。頑張ってくださいね」

含み笑いをした看護師に見送られ、裕之は訝《いぶか》しく思いながらも、目の前のドアを開けた。

案内された処置室にいたのは、銀縁の眼鏡を掛けた、いかにもエリートといった風情の医者だった。

歳は三十代半ばくらいで、座っていても、長身だとわかる。胸には『陣内』と書かれた名札が付けられている。さっき、看護師たちから聞いた医師だ。

眼鏡と長身……。さっき中庭を見ていたのは、この陣内ではないだろうか。同じ条件の医師がそんなにいるとも思えない。だが、陣内は全くそんな素振りは見せなかった。

「ここはもういいですよ」

陣内が部屋にいた看護師に言った。

「でも」

「これで今日は終わりですから、後のことは私一人で大丈夫です。皆川《みながわ》さんもお忙しいでしょう」

看護師不足で忙しいのは、どこの病院も同じだろう。皆川と呼ばれた看護師は、恐縮《きょうしゅく》しつつも、陣内に礼を言って、足早に処置室を出ていった。

「さて」

陣内が裕之に向き直る。

「あ、お願いします」

裕之は頭を下げた。

「では、下着を脱いで、こちらの上に横になってください」

「下着、ですか？」

裕之は驚いて問い返す。これまでの検査でも、検査着を脱ぐことはあったが、下着まで脱ぐように言われたのは初めてだ。

「聞いていませんでしたか？　この検査は直腸《ちょくちょう》診と前立線《ぜんりつせん》診です」

陣内が冷静な声で言った。

「それってどういう……」

「直腸ガンと前立腺ガンの早期発見のための検診です。触診《しょくしん》で行いますので、下着は脱いでいただかないとできません」

裕之はようやくさっきの看護師の笑みの意味がわかった。それに、陣内が看護師を外に出してくれたのは、気遣いだったのかもしれないと思った。

どちらの検査も経験はないが、臀部《でんぶ》を人に晒《さら》すことに羞恥《しゅうち》がある。裕之は俯き、陣内に背中を向けると、検査着の下から手を入れて、下着を脱いだ。

「脱いだ下着は、そのカゴに入れておいてください」

事務的な陣内の言葉に従って、裕之は下着を丸め、カゴに入れた。それから、壁際《かべぎわ》の検査台の上に体を横たえた。

「顔を壁側に、体を横に向けて」

言われるまま、裕之は体を横向ける。

「両手を頭の上に上げてください」

さらに陣内の指示が続く。

手が検査の邪魔になるのかと、万歳《ばんざい》をするように裕之は両手を上げた。

「そのままじっとして」

驚くほどの早業《はやわざ》だった。気付いたときには、もう陣内に両手を包帯で縛られていた。

「何やってるんですか」

裕之は思わず声を荒らげ、陣内を見上げた。

「申し訳ありません」

陣内の声は穏やかだ。

「こういった検査には、慣れていない方が多いもので、時折、暴れる方がいらっしゃるんです。以前に眼鏡を壊されたこともありました」

「そうなんですか」

不自由な体勢から、裕之は顔だけを陣内に向ける。

「恥ずかしいというのもわかるんですが、あくまで検査ですから」

「すみません」

声を荒らげたことを、裕之は謝った。それほど、陣内の態度は自然だった。

裕之はまた元の位置に顔を戻す。医者が必要だと言うのだから、従うしかない。

落ち着かない気持ちで、裕之は一秒でも早く検査が終わることを願う。手を自由に使えないことが、これほど不安になるとは思わなかった。

背後で物音がする。少しだけ顔を横向けて横目で窺《うかが》うと、陣内が半透明のゴム手袋を嵌《は》めているところだった。

裕之は慌てて視線を壁に戻した。

「それでは、始めます」

検査着が腰まで捲《まく》り上げられた。外気に触れる感触が、裕之を心許《こころもと》なくさせる。

裕之は今までにこんな検査を受けたこともなければ、受けた人の話を聞いたこともなかった。だから、どんなことをされるのか、まったく予想できず、不安ばかりが募《つの》る。

不安が裕之から余裕を奪い、思考力を鈍《にぶ》らせた。検査に腰まで検査着を捲り上げる必要がないことに気付けなかった。

陣内の手が双丘《そうきゅう》に触れた。

何か濡れた感触が後孔《こうこう》に当たり、体が思わずビクッと震える。

後孔付近を濡らされ、ゴム手袋をした陣内の指の腹が当たった。

「……っ…」

指先が、ほんの僅か、裕之の中に押し入った。声が漏れそうになり、裕之は唇を噛み締め声を押し殺す。

「まだまだですよ」

陣内の冷静な声が、背中から聞こえる。

少しずつ、陣内の指が裕之の奥を探っていく。ゴム手袋には何か液体が塗られていたらしい。進入はスムースだった。

「わかりますか?」

陣内の問いかけの意味がわからず、裕之は首を曲げて、陣内を仰ぎ見た。

「今、君の中に、私の人差し指が根本まで入ってます」

裕之は羞恥に襲われ、全身を朱《しゅ》に染めて、壁を向いた。

後孔に感じる異物感は陣内の指なのだと、言葉にされたことによって、よりリアルに指を感じてしまう。

「うんっ……」

熱い息が裕之の口から漏れた。

ただ突き刺すだけだった指が、鍵型に折り曲げられた。その指先が触れた場所から、急激に熱が中心に集まる。

裕之の声が聞こえたはずなのに、陣内は気付かなかったかのように、そこから指先を外さない。何度もそこを擦るように指を動かされ、裕之は思わず声を上げた。

「先生っ」

いくら体を横向きにしていても、検査着は腰まで捲り上げられている。上から覗《のぞ》けば、裕之の中心の状態は、一目瞭然だ。

熱を持った中心は、はっきりと形を変え始めていた。

「なんでしょう？」

陣内の声は冷静そのものだ。だが、その指は、あり得ない場所で繊細に蠢《うごめ》いている。

「それ……うん……」

抗議の声は甘く掠《かす》れる。

裕之は熱を冷ますために、意識を他に向けようとするが、引き戻したのは陣内だった。

「感じてきましたか？」

やはり陣内は気付いていた。声にからかうような響きを感じる。

「ここがいいんですね？」

「も、もう……やめ……あぁ……」

執拗《しつよう》に陣内の指先が裕之を嬲《なぶ》った。

「ここが前立腺です」

陣内の口調は至って冷静で、検査をしているとしか感じさせない。それなのに、裕之の体は陣内の指に翻弄《ほんろう》される。

「たまらないでしょう？　前立腺を刺激されれば、嫌でも勃《た》ってしまう」

もう疑いようはなかった。陣内は検査をしているのではなく、裕之を感じさせようとしている。どうして、陣内がそんなことをするのか、裕之にはまったくわからない。

「なんで……」

その理由を震える声で問いかけた。

「前立腺マッサージの経験は？」

陣内は裕之の質問には答えず、逆に問い返してくる。

裕之は唇を嚙み締め、首を横に振って、ないことを訴える。声を出せば、それが喘《あえ》ぎにしかならないことがわかっていたからだ。

「それじゃ、余計に効くでしょう？」

指の腹でそこを擦られる。

「うっ……ん」

面白いように裕之の体は、陣内の指一本に翻弄され、跳《は》ね上がる。

「生殖機能は正常のようですね」

陣内の視線が、裕之の中心に絡みついているのを感じる。

勃ち上がり、震える自身を、他人の目に観察されている。これほどの羞恥を、裕之はかつて味わったことはない。

「先生っ……、お願いします」

やめてほしいと訴える裕之の声は、悲鳴に近かった。

「何を調べてるんですか？」

裕之は驚いて、振り返った。

依然として、陣内は笑みを浮かべたままで、裕之は怖くなる。手を縛るのも、検査に必要などというのは嘘《うそ》だ。やっとわかった。全ては陣内が裕之から取材目的を聞き出すためだった。そうとも知らず、騙されて、無防備な姿を晒してしまった。

「俺は、別に何も」

「そうですか？」

陣内の指がクッと突き上げた。

「あぅっ……」

裕之の背中が大きく反り返る。

「困りましたね。処置台が濡れてきた」

裕之の出した先走りが、処置台に小さな水溜りを作った。

「看護師を呼び戻しましょうか？　汚れを拭き取ってもらわないと」

信じられない言葉を、陣内は平然と言い放つ。

「や、……やめ……」

「だったら、言えますね？」

裕之はそれでも首を横に振る。

「どうやら、見てもらいたいらしい」

陣内は溜息を吐いて、

「仕方ありません。それでは、さっきの看護師を呼びましょう。患者さんが、ただの検査で感じて零《こぼ》してしまったからと」

陣内は指を引き抜いた。その引き抜かれる感触で、背中に震えが走る。

「待っ……てください」

裕之は必死で陣内を引き止めた。こんな姿をこれ以上、他の誰かに見せるのは耐えられない。

「わかってますよ」

陣内は、裕之の膝に手をかけ、裕之を仰向かせた。

「こんなになっていては、若い女性に見せられないでしょう」

陣内の声は笑いを含んでいた。

処置台の上で、裕之は両手は縛られ頭上に、両脚は膝を持たれて拡げられている。腹まで捲れ上がった検査着は何も隠さず、裕之の昂《たかぶ》りに照明を当てていた。

中心は完全に勃ち上がり、零れた先走りで濡らされ、光っている。

「確かに、前立腺を擦られればたまらないものですが、君は特別、感じやすいらしい。たったあれだけで、もうこんなになっている」

裕之は陣内の視線を避けるように、顔を横に向けて、目を逸《そ》らした。

「可愛《かわい》いものですね」

陣内の手が屹立《きつりつ》に触れた。

「触るなっ……」

「こっちはそうは言っていません。嬉《うれ》しそうにビクビク震えてる」

ゴム手袋の手が、屹立に絡む。

既《すで》に後ろへの刺激だけで勃ち上がっていた。そこを擦られれば、どんなに心で拒《こば》もうとしても、体は待ちかねたように、その刺激を受け入れる。

「はぁ……ああ……」

擦り上げられ、情けなくも息が乱れる。

「さっき、中庭で何を話していたんですか？」

陣内が手を止めずに尋ねてくる。

中庭で看護師と話していたとき、人影を見たと感じたのはやはり間違いではなかった。

「やっぱ……り……先生だった……んっ……」

言葉が紡《つむ》げないほどに、裕之は追い詰められていた。それでも、裕之は記者として、事実を突き止めようとした。

「何っ……を気にして……」

「私が気にしているのは、君がどこまで耐えられるかですよ」

陣内は再び指を突き刺した。

「あっ……うぅっ……」

いきなりの刺激に、裕之は悲鳴を上げる。だが、それは決して痛みだけを訴えるものではなかった。

「驚きました。君はずいぶんと素質があるようですね」

「素……質？」

荒い息と涙目になりながら、裕之は問い返す。

「初めてだと言いながら、こんなに感じている」

指で掻き回され、陣内の手のひらの中の裕之が喜びに震える。

「イキたいでしょう？」

「誰……がっ……」

「おや、まだそんな意地を張れるんですね」

陣内は楽しそうに笑い、二本目の指を突き入れた。

「あぅっ……」

強引に押し広げられる感触に、上擦《うわず》った声が出た。だが、圧迫感を感じて苦しいと思ったのは一瞬だけだった。

陣内の指は巧《たく》みに裕之を追い上げる。指が増えた分だけ、快感も倍増する。二本の指が交互に奥を擦り、突き立てる。

裕之は目がかすむほどの快感に襲われ、救いを求めるように陣内を見た。

限界は目の前まできていた。

「もう一度聞きます」

陣内はにっこりと笑って、裕之の根本を指の輪を作って堰《せ》き止めた。

「や……な、何……で」

「イキたいですか？」

裕之は何度も頷く。

「それじゃ、何を調べているのか、言えますね？」

それだけは言えないと、裕之は顔を背《そむ》けた。

「言わない限り、このままですよ」

陣内は手を離した。

「そんなっ……ぁんっ……」

後ろだけは刺激を与え続けられる。

限界はとっくにきている。あと少しで楽になれる。だが、後ろへの刺激だけではイケない。そんな状態で放っておかれて苦しいのは、同じ男ならわかるはずだ。

陣内が顔を近づけてくる。

そして、耳元で囁いた。

「言えば楽になれます」

その瞬間、体中に震えが走った。

陣内の声が、耳から入り、体中を駆け抜ける。少し距離のあるときには気付かなかったが、陣内は低音の、声優ばりの美声の持ち主だった。

裕之は過去にたった一度だけ、男の声に性的興奮を感じたことがあった。そのときの記憶が甦《よみがえ》る。

直接触れられるのではない、間接的な快感が、裕之から抵抗を奪った。

「どうですか?」

追い打ちをかけるように、陣内がさらに囁く。唇はもう耳に触れるほどの近さだ。

その声が裕之に止《とど》めを刺した。

「医療過誤……」

限界が裕之の口を開かせた。

「医療過誤がなんです?」

魔力を持つ声が、裕之を追いつめる。

解放は許されない状態なのに、堰き止められた中心は先走りを零した。

「おや」

笑う陣内の声が耳朶《じだ》をくすぐる。

堰き止められてさえいなければ、これだけで達してしまったかもしれない。それほどに、陣内の声は、裕之の性感を刺激する。

「話せば楽になれますよ」

それは恐ろしいまでに甘美《かんび》な誘惑だった。

もう既に一言口を滑らせている。今更何をためらうことがあるのかと、もう一人の自分までもが囁きかける。陣内の声と、その声が被さり、理性は遠くにいってしまいそうになる。

裕之は激しく首を横に振った。

これ以上喋ってしまえば、記者としての最後のプライドまでなくしてしまう。裕之はきつく口を引き結んだ。

「今更、黙《だんま》りをするまでもないでしょう。おかしな人だ」

陣内が呆れたように笑う。

「ま、いいでしょう。頑張ったご褒美《ほうび》にイカせてあげましょう」

陣内が再び、裕之に手を絡め、激しく擦り上げた。

「ああ、君はこっちのほうが好きでしたね」

後ろで動きを止めていた指も、また動き始めた。

両方を同時に攻められ、裕之は終わりを促される。

「あ……はぁ……ああっ」

裕之はついに陣内の手の中に吐き出した。

男の手に擦られ、指で突き上げられて達してしまった。その事実に、裕之は呆然とする。

陣内が指を引き抜いた。その感触に、また背筋に鳥肌が立つ。

「生殖機能はまったく問題はないようですね」

陣内が、裕之の目の前に手のひらを差しだした。その手には、裕之が出したばかりの白濁の液体がこびりついている。

裕之は羞恥で唇を嚙み締めた。イキたいとまで言ってイカせてもらったのは、裕之だ。反論する言葉が見つからなかった。

陣内は裕之の腕を拘束していた包帯を、ハサミで切り取った。ようやく自由になった裕之は、無言のまま処置台を降りた。

「これに懲《こ》りたら、おとなしくしているんですよ」

「先生は一体……」

裕之はまだ調べ始めたばかりだ。肝心のことは口にもしていない。それなのに、裕之の取材を邪魔しようとする陣内に、裕之は不審を抱く。

「うろうろされると目障《めざわ》りなんです」

「もしかして、先生が……」

裕之の口に、ゴム手袋を外した陣内の人差し指が当てられた。

「余計なことは、もう口にしないように。この指がついさっきまで、どこにいたのか、もう忘れたんですか？」

忘れるはずなどない。この指が、裕之を苛《さいな》み、狂わせた。

答えない裕之に、陣内がその指を口の中に押し込んだ。細くて長い陣内の指が、口腔《こうこう》を犯す。指は前歯の裏から上顎をなぞった。たったそれだけで、体の中を指で犯された感触が甦る。

裕之の体は震え、足下が危《あや》うくなってきた。

「わかりましたね？」

裕之が自力で立っていられなくなる寸前で、陣内は口から指を引き抜いて言った。裕之は引き込まれるように頷く。

「今日はこれで終わりですから、病室に戻っていただいて結構ですよ」

項垂れて帰ろうとした裕之は、出口近くのカゴの中に、自分の脱いだ下着が入っているのを見つけた。だが、ここで身に着けるためには、また陣内の前で無防備な姿を晒さなければならない。それだけは避けようと、裕之はそれを手の中に押し込んだ。

病室でも近くのトイレでもいい。ここではない場所で身に着けるつもりだった。

「ああ、忘れるところでした」

ドアに手を掛けた裕之を、陣内が引き止める。

「生殖機能以外も、異常ありませんでした。よかったですね」

裕之はカッとなり、顔が熱くなるのを感じた。あの状態でも、陣内は医師としての立場も忘れていなかった。自分だけがいいように翻弄されていたのだと、思い知らされ情けなくなる。

検査室を出て、一番近くのトイレまで、幸い、誰にも会わなかった。裕之はトイレの個室に駆け込んだ。

一人きりになり、誰の視線も気にせずに済む場所で、大きく息を吐き、肩の力を抜いた。興奮と緊張で、体がガチガチに固まっていた。

時間帯のせいなのか、トイレには誰も入ってくる気配がない。裕之は落ち着いて下着を身に着けた。

「くっ……」

足を上げたとき、微《かす》かに奥に違和感を覚えた。ほんの数分前まで、陣内の指にさんざん弄くられていた場所だ。それを思い出し、引いたはずの熱が、また甦る。

裕之は慌てて個室を出て、熱を冷ますために、手洗いの水で顔を洗った。感触はすぐには忘れられなくても、熱だけは冷ましておきたい。

男にイカされた。

裕之がショックを受けたのは、その事実ではなく、それによって気づかされた真実のせいだ。ずっと、もしかしたら思っていた。

自分はゲイかもしれない。

裕之は数年前からそう疑っていた。疑惑に留《とど》まっていたのは、確信を持てなかったのではなく、持ちたくなかったからだ。確かめることもせず、何の行動にも移せなかった。そんな思いが、女性に対して、素っ気ない態度を取らせていた。

裕之にそう思わせたきっかけは、声だった。

裕之は大学時代に、電話でセールスをするアルバイトをしていた。名簿を見て、片《かた》っ端《ぱし》から電話を掛けまくるのが仕事だ。断られるのが普通で、何軒かけても、話も聞いてもらえない。半ばやけくそでかけまくったうちの一軒で、その声に出合った。若い男の声で、さっきの陣内のように、声優ばりのいい声をしていた。結局、セールスは断られたのだが、電話の間中、男の声に興奮を感じていた。腰に響き、体を熱くする声だった。

だが、それ以来、男女問わず、誰の声を聞いても、そんなふうになることはなかった。もっとも、それを警戒して、耳元で囁かれるような状況には滅多《めった》にならないようにしたのだが。

そのことがきっかけで、裕之は自分がゲイである可能性を疑うようになった。それまでにも、積極的に女性と付き合いたいと思ったことはなかった。それが他のことで忙しいからじゃなく、性欲が湧かなかったせいだと薄々気付いていても、ゲイの世界に飛び込む勇気は裕之にはなく、周囲に気取られぬよう、性癖をひた隠しにする毎日だった。

だが、陣内によって、はっきりと自覚させられた。男の声に興奮し、男の手で達したことで、認めたくなかった現実を思い知らされる。もう疑いようはなかった。

裕之は鏡に映る自分の顔を見つめた。みっともないくらいに情けない顔をしている。

ゲイを差別するつもりはないが、自分がゲイとして生きていく自信はない。今まで、ごく普通の人生を過ごしてきた。中学生のときに父親を亡くし、母親だけになったが、祖父母は今も健在で、経済的にも裕福だったため、金銭的な苦労はなかった。容姿が人よりいいくらいで、それ以外は至って普通の人生だ。中くらいの成績、人並の運動神経で、ごく普通の学生生活を終え、少しだけ幸運に恵まれ出版社に就職できた。今更、マイノリティの側に立ち入る勇気がない。

これから先、どうやって暮らしていけばいいのか、先の見えない不安に、裕之は押し潰されそうになる。

さらに、それ以上に裕之を落ち込ませているのは、記者の命である取材ネタをばらしたことだ。如月が裕之にくれた、大切なネタだったのに、快感に負けて口走ってしまった。

裕之は深い自己嫌悪《けんお》にも苛まれる。やはり、自分は記者には向いていないのではないか。そう思わせるに充分な出来事だった。

すっかり自信をなくした裕之は、項垂れてとぼとぼと病室に向かう。

この病院の一泊二日の人間ドックでは、宿泊は空いている病室を使用することになっている。裕之に用意されていたのは、六人部屋でドアに一番近いベッドだった。たった一日のことだ。不便もない。

年寄りばかりの部屋は、皆、眠っていたり、テレビを見ていたりと、一泊だけの患者に興味を持った様子はない。

裕之は自分のベッドに入り、そのまま頭から布団《ふとん》を被《かぶ》った。

人間ドックの二日目は午前中だけで終わる。裕之が堂々と病院内を歩き回れるのも、あと半日しかない。

結局、昨夜《ゆうべ》はほとんど寝られなかった。

はっきりと自覚させられた自分の性癖《せいへき》に今後どう向き合えばいいのか、一晩考えても答えは出なかった。また、記者としての自分のふがいなさに悔しさを噛み締め、将来への期待を抱くこともできなくなっていた。

それでも、一つだけ決めたことがある。それは、このネタだけは記事にするということだ。記者に向いていないのだとしても、これを最後に記者を辞めることになるのだとしても、せめて何か一つ結果を残したい。それがネタをくれた如月に報《むく》いることになる。

昨日のことは、思い出すのも悔《く》やしいし、恥ずかしいが、考えないわけにはいかない。陣内の目的がなんなのか。あれは取材妨害以外の何物でもない。だとしたら、陣内は何らかの形で、医療過誤に関わっているとしか考えられない。

裕之は陣内を突破口《とっぱこう》に、事件を調べようと考えた。

今日も朝から検査が続く。また昨日のようにあちこちに検査で引っ張り回された。だが、今日の裕之は精力的だった。これが最後になるかもしれないという思いが、裕之を動かした。

検査の合間を縫って、裕之は陣内のいる外科に向かった。陣内が今日も出勤しているとは限らないが、それならそれで、同僚の医師からでも話を聞ければと思っていた。

「嫌だ、陣内先生ったら」

楽しげな女性の声が、陣内の名前を呼んだ。

裕之は物陰に隠れ、声のした方角を探った。

陣内と看護師が、親しげに話している。検査室で初めて会ったときにも思ったが、陣内はかなり外面がよさそうだ。それにあのルックス。手術マニアだから遠慮したいという看護師はいても、それくらいは目を瞑《つぶ》るという看護師もいるかもしれない。

二人の立ち話は、ほんの数分で終わった。陣内と別れた看護師が、裕之のいる方向に歩いてくる。

「あの」

裕之はその看護師を呼び止めた。胸の名札には、『櫻井《さくらい》』と書かれてある。今の今まで、顔を見なかった看護師だ。

「どうかされましたか?」

検査着を着ている裕之に、櫻井は看護師の顔で問い返してきた。近くで見ると、かなりの美人だった。数多くいる、この病院の看護師の中でも、一、二を争うのではないかと、裕之は思った。

「陣内先生のことなんですけど」

「陣内先生が何か?」

櫻井が訝しげに裕之を見る。

「付き合ってる女性とか、います?」

「さあ、プライベートなことは存じません」

唐突な裕之の質問に、櫻井の答えは素っ気ない。この櫻井にも、師長の緘口令《かんこう》は行き届いているようだ。

「もしかして、櫻井さんが、とか思ったんですけど」

「まさか」

櫻井はにべもなく否定する。

「でも、どうしてそんなことを聞かれるんですか？」

「同僚に調べてくれって言われて。以前にこちらの病院に来たときに、一目惚《ひとめぼ》れしたらしいです」

「あら」

裕之の嘘に、櫻井は笑顔を見せた。

「ハンサムですよね」

「そうですね。でも」

「でも？」

櫻井は余計なことを言ったと口を噤《つぐ》んだ。

「手術マニアだから？」

櫻井が話しやすいように裕之が水を向けると、

「そう、そうなんですよ」

櫻井は笑顔を作って同意した。

その取って付けたような笑顔は、陣内には何かあると思わせるのに、充分だった。

病院一、腕がよくて、手術にも一番多く執刀《しっとう》する。腕がいいからといって、ミスをしないとは言い切れない。回数が多ければ、それだけミスをする可能性も大きくなる。

「それじゃ、私はこれで」

櫻井が不自然な態度のまま、足早に去っていった。

櫻井だけではないが、看護師から話を聞き出すのは、やはり難しいと裕之は思った。それなら、他に誰に話を聞けばいいか。せめて、噂の出所だけでも確かめたい。病院関係者以外で、噂を知る機会があるとすれば、それは、同じように病院で過ごす、入院患者だ。

裕之は陣内を後回しにし、病棟の談話室に向かった。

裕之は心のどこかで、ホッとしていた。

陣内が疑わしいとは思っても、直接会うのにはためらいがある。昨日のことは、まだ生々しく体に残っていた。冷静な対処など、とてもできそうになかった。

談話室には病室で暇を持て余した、体を動かすことのできる患者が集まっていた。検査着姿の裕之は、その輪の中に入りやすかった。

三人の入院患者がベンチに向かい合わせに座って、何やら楽しげに話している。裕之は会話を聞こうと、その後ろに座った。

患者たちは看護師の噂話をしているようだった。誰が美人だとか、誰の胸がいいとか、全員が男だから、自然とそういう話題になるのだろう。会話の中には、さっきの櫻井の名前も出てきた。どうやら、櫻井は独身だが、彼氏がいるらしいとのことだった。

もっと詳しい病院の内情が聞けないか、裕之は耳を澄ませた。

「佐橋《さはし》さん、やっと退院だって」

話題が他の入院患者のことに変わった。裕之には聞き覚えのない名前が出てくる。

「長かったからね。一年だっけ？」

話を聞いていると、佐橋という年配の女性の退院が決まり、彼女が上機嫌でお世話になった挨拶《あいさつ》に回っているということだった。

その佐橋から、何か話を聞くことができるかもしれない。退院が決まり機嫌がよくて、しかも完治《かんち》したのなら、医療過誤と聞かされても、現在入院中の患者より口が軽くなるのではないか。裕之はそう思った。

裕之はそっと立ち上がり、佐橋を捜しに行くことにした。

今の話では、二階の病棟にいた患者だったらしい。談話室も同じ二階だ。何気なさを装《よそお》い、二階の病室の前をゆっくりと歩いていく。もちろん、横目で病室のネームプレートを確認することは忘れなかった。

六人部屋に佐橋今日子《きょうこ》の名前は見つけたが、誰が佐橋なのかわからない。ネームプレートとベッドの位置関係からだと、いないようだ。

挨拶回りをしているらしい佐橋を捜して、裕之はナースステーションに向かった。

「本当にありがとうございました」

パジャマ姿の女性が、ナースステーションの中に向かって頭を下げている。

「よかったですね、佐橋さん。当初よりも早く退院が決まって」

どうやら、この女性が佐橋のようだ。年は四十代前半くらいだろうか。裕之が判断した基準は自分の母親だが、母親よりも年下に思えた。

佐橋に答えたのは、昨日、裕之に厳しい言葉を投げた師長だった。今日の彼女は穏やかな笑顔を浮かべている。

「これも陣内先生のおかげです」

思いがけず耳にした名前に、裕之の鼓動は跳ね上がる。

「陣内先生にお任せして、本当によかった」

佐橋は心底、感謝しているような口ぶりだった。佐橋の担当医が陣内だとわかり、ますます、彼女に話を聞きたくなる。

「それで、明日は何時にここを出られますか？」

師長が佐橋に尋ねる。

退院は明日のようだ。それなら、今日、無理に話を聞かなくても、退院してからのほうが、佐橋も話しやすいだろう。裕之は彼女に聞くのは明日に回すことにした。

「主人が朝一番にでも迎えに来ると言ってますから」

佐橋が嬉しそうに答える。

裕之はそれを確認し、静かにその場を立ち去った。

病院の外で話を聞くといっても、裕之は佐橋の住所を知らない。病院側が教えてくれるはずもない。裕之に残された手段は、明日の退院時に、佐橋の跡を尾けることだけだ。

人間ドックは今日で終わり。裕之にとってもそのほうが都合《つごう》がいい。

全ては明日。そうなると、残りの検査に気が乗らなくなる。元より健康に不安があって受けた人間ドックではない。早く仕事に戻りたい気持ちでいっぱいになる。

裕之が急いだからといって、検査が早く終わるわけではない。それでも、足は自然と速くなり、次の検査室に急いでしまう。

階段を降りたところで、裕之は足を止め、検査室の表示を確かめていたときだった。

「検査は終わったんですか？」

ふいに耳元に囁きかけられた。裕之の背中に電流が走る。

振り返らなくても、その声が誰のものなのか、すぐにわかった。

「あと一つ残ってます」

振り向いたものの、裕之は陣内の顔を見ずに答えた。

「これでもう病院内をうろつく理由がなくなるわけですね」

「病院が患者を選んでいいんですか？」

裕之はムッとして言った。

「医者が患者になりなさいと言うのはおかしな話でしょう？」

陣内はまったく動じない。

「患者でなくても、病院に来る人はいますから」

「お見舞い、ですか？」

見透かしたような陣内の言葉に、裕之は内心、ドキッとする。見舞いを装って病院に来ることも、実は裕之の考えに入っていたからだ。

「そうですね。お見舞いに来られるのは、患者さんも喜ばれますから、歓迎しましょう。ただし」

陣内は声を潜《ひそ》めて、

「入院病棟以外で、君の姿を見かけたときは、どうなっても知りませんよ」

「脅《おど》しですか」

声が震えるのは止められないが、裕之はもう屈しないと瞳にその意志を込める。

「とんでもない。ただの忠告です」

陣内は心外だとばかりに肩を竦《すく》め、それから、裕之の耳に顔を寄せてきた。

「それに、脅しなどしなくても、君の体は充分に覚えているはずですから」

言葉の中味よりも、耳朶《じだ》に吹きかけられた声の響きに、裕之は体を震わせる。

「わかっていただけたようですね」

裕之の震えを、陣内は怯《おび》えだと取ったようだ。

声に感じていることを知られなくてよかった。立ち去る陣内の背中を見ながら、裕之はそう思った。


人間ドックはあっという間に終わった。めぼしい収穫もなく、何一つ事実を摑むことなく、裕之は病院を後にするしかなかった。

病院を出たその足で、裕之は編集部に顔を出した。休暇は今日まで取ってあるが、仕事は残っている。週刊誌の記者に、有給休暇を消化するような、そんな悠長《ゆうちょう》な時間はない。

午後の一時過ぎ、編集部ではこの時間帯から出勤してくる社員が多い。

「おっ、帰ってきたのか」

真っ先に声をかけてきたのは如月だった。彼にしては、この時間にいるのは珍しい。

「その顔は、手ぶらだな」

報告することが何もないと、裕之の顔に書いてあったらしい。

「高い金払って、収穫なしかよ」

否定しない裕之を、さらに如月が冷やかす。

「手ぶらってわけじゃないですけど」

裕之は口ごもりながら、

「でも、ホントなんですか？　医療過誤」

「確証はないって言わなかったか？」

如月は確かに噂だとしか言わなかった。

「じゃ、どこで噂になってるんですか」

「それは、秘密」

同僚であれ、情報ソースは明かさない。如月の姿勢は徹底していた。

「手ぶらじゃないって、言ってたけど、どういうことだ？」

裕之には何も教えなくても、裕之から情報は聞き出すことに、如月は何とも思っていないようだ。当然のように尋ねてくる。

「明日、退院する患者さんがいるんです」

裕之は佐橋のことを話した。取材の仕方が間違っていないか、他に方法はあるのか、誰かのアドバイスが欲しかった。

「いいトコに目を付けたんじゃねえか」

話を聞き終えた如月が、感心したように言った。

「そう思いますか？」

「ああ。病院関係者は口が固い。それに比べて、入院患者は退院してしまえば、通院をすることはあっても、それほど義理があるわけじゃない。それに、病院外なら、人の目も気にしなくていいしな」

如月に褒められたのは初めてだ。まだ何をしたわけでもないが、それだけでも裕之は嬉しくなる。

「で、医者たちはどうだった？」

「どうって」

咄嗟《とっさ》に陣内の顔が浮かんだ。同時に陣内にされたことも明確に甦る。陣内の声、陣内の手の感触、どこを触られ、どう感じてしまったのか、それら全てがはっきりと思い出された。

裕之は知らず、顔を赤らめた。

「やらしいな。美人看護師にいいことでも、してもらったか？」

如月はすぐにそんな裕之の表情の変化に気付いた。

「そんなことあるわけないじゃないですか」

裕之は慌てて否定する。

男前医師にいろんなことをされてしまったとは、とても言えるはずがない。

「調べるのはいいけど、仕事はちゃんとしろよ」

「これって、仕事じゃないんですか？」

「記事になんなきゃ、ただの遊びだ」

如月はあっさりと言い放った。

確かにそうだ。これは編集長の命令で取材しているわけではない。今日までの人間ドックも、休暇を取っての自腹。記事にならなければ、全てが無駄になる。

「ほら、編集長が呼んでる」

如月が裕之の後ろを指さす。振り返ってみると編集長が手招きをしていた。

『トピックス』は隔週発行。締め切りはすぐにやってくる。『性のお悩み相談室』も、葉書の選定から、回答者への依頼、原稿受け取りと、そのコーナーだけでもやることはいろいろある。他にも、コラムの連載を持っている作家の様子を見たりと、二日、正確には一日半、休んだだけでも仕事は溜まっていた。

裕之はその日の午後から夜遅くまで、溜まった仕事を片づけるのに追われ、とても取材どころではなかった。

◇　◇　◇

裕之は翌朝、早くから病院に向かった。佐橋今日子の退院に間に合わせるためだ。

退院となれば、家族が迎えに来て、自家用車かタクシーで帰ることが多い。今日子も夫が迎えに来ると言っていた。生憎《あいにく》と、裕之は車を持っていない。持っていたとしても、車では小回りが利かず、咄嗟の方向転換には対応できないかもしれない。尾行などしたことのない裕之に、同じ車同士でのそれが上手くできるとは思えなかった。

結局、裕之は友人から原付バイクを借りた。病院の玄関の見える場所にバイクを停め、今日子が出てくるのを待っていた。

退院できるとなれば、少しでも早く退院したいと思うものだ。荷物の整理は前日までに終わらせ、今日はもう朝食さえ済めばいつでも帰れる状態にしているだろうと思っていた。そんな裕之の読みどおり、九時過ぎには、今日子は玄関に姿を現した。隣には夫らしき人がいる。今日子とは同じ年くらいに見えた。

正面玄関前には、既にタクシーが停《と》まっている。二人は見送りに出てきた看護師に頭を下げ、挨拶をしてからタクシーに乗り込んだ。

裕之もバイクのエンジンをかけ、走り出すタクシーの跡を尾け始める。

大西総合病院は、この辺りでは一番大きな病院だが、大学病院ほどの規模ではない。あまり遠方からわざわざこの病院を選んで来ることはないだろうと踏んでいた。そうでなければ困るというのが本音だ。高速になど乗られては、原付では追いかけられない。

三十分ほどで、タクシーはとある一軒の家の前で停まった。すぐに二人がタクシーから降りてきた。裕之はホッとして、近くにバイクを停めた。

今日子たちが家の中に入り込むのを見て、裕之もその家に近づいた。表札は確かに『佐橋康夫《やすお》』と書かれている。

裕之は思いきって、インターホンを押した。

「どなたですか？」

応えたのは、男性の声だった。退院したばかりの妻を気遣ってか、夫の康夫が出たようだ。

「朝早くから申し訳ありません。江青出版の田中と申しますが、少しお話を聞かせてもらえないでしょうか」

裕之は率直に切り出した。出版社の人間と聞いて、康夫がどういった態度に出るかわからなかったが、他の方法は思い浮かばなかった。

「ちょっと、お待ちください」

その言葉の後、少しして、ドアが開けられた。出てきたのも康夫のほうだった。近くで見ると、小太りで人が好さそうに見える。印象だけだが、裕之は気持ちが少し楽になった。

「どういうことでしょう？」

康夫は訝しそうな顔を、裕之に向ける。

「大西総合病院のことについて、お聞きしたいことがあるんです」

「家内《かない》が入院してましたが」

「今日、退院されたと聞いて、伺いました」

尾行されて気持ちのいい人間はいないはずだ。裕之は咄嗟の判断でそう答えた。

「名刺をいただけますか？」

「あ、はい」

裕之は慌ててジャケットの胸ポケットから、名刺入れを取り出し、中から一枚引き抜いて、康夫に差し出した。

「ああ、『トピックス』なら知ってます」

名刺にははっきりと、『トピックス』の名前と、裕之がそこの記者であることが記されている。『トピックス』はあまり硬派な雑誌ではない。汚職や刑事事件を扱うこともあるが、その同じ誌面で芸人のスキャンダルも載せている。康夫がそんな雑誌に対して、いい印象を持ってくれているかどうかで、取材を受けてくれるか否《いな》かが懸かっている。

「どうぞ、お入りください」

康夫は笑顔を見せた。どうやら、『トピックス』は康夫を信用させる雑誌だったらしい。

裕之は康夫に招かれ、玄関から家の中に入った。

「先週の、織田良治《おだりょうじ》のインタビュー、よかったですよ」

「ありがとうございます」

康夫の言葉に、裕之の声は弾んだ。

時代小説作家である、織田良治を取り上げようと企画を出したのは、裕之だった。ちょうど来春から織田の小説がドラマ化されることもあり、企画はすんなりと通った。残念ながらインタビュアーは裕之ではなかったが、それでも裕之は嬉しかった。

「病院の話なら、家内に聞きたいということですよね？」

「お疲れではないですか？」

昨日の様子では元気そうだったが、退院したばかりだ。無理をさせては申し訳ないと、裕之は様子を尋ねた。

「大丈夫ですよ。人と喋るのが好きな奴ですから、入院中も同室の人相手に、毎日、お喋りしてたらしくて」

康夫は笑いながら言った。

今日子は居間にいた。さっきの外出着のままで、横になってもいない。

「何か、病院のことで聞きたいことがあるそうだ」

康夫が今日子に説明する。

そんな説明では、今日子の不安は拭えなかったらしい。まだ窺うような視線を、裕之に向けている。

「いいじゃないか。本当のことなら何を喋っても」

微妙な言葉の言い回しに、康夫がどうやら病院に対して、あまりいい印象を持っていないことがわかる。

「ああ、すみません。立たせたままで」

康夫は廊下に立ったままの裕之に気づき、慌てて座布団《ざぶとん》を勧める。

裕之は今日子の正面に座り、改めて名乗ってから、

「これは、あくまで、噂なんですが」

裕之はそう前置きして、医療過誤のことを切り出してみた。

「聞いたことないですね」

今日子はとんでもないとばかりに否定する。

「あってもおかしくないいんじゃないか」

「あなた」

たしなめる今日子を制して、

「だいたい、あの医者は強引すぎるんだ」

康夫は憤《いきどお》る。

「お前の手術だって、本当は成功率が五〇パーセントに満たないのに、それを説明しなかった」

「それは、陣内先生に自信があったから」

「自信があろうがなかろうが、それは説明すべきことだ。医者の倫理に関わる問題じゃないのか」

その当時のことを思い出したのか、康夫が語気を強めた。

「そんな調子じゃ、過去に揉《も》めたことがあったって、おかしくない」

「そういう話があったなら、噂にでもなってるでしょう？　私たちはいい先生がいるからって、大西総合病院に行ったんじゃありませんか」

夫を冷静にしようと、今日子は懸命《けんめい》に説得する。陣内が強引であったとしても、今日子にとっては、無事に病気を治してくれた恩人であることは間違いない。

「それでは、そういう噂を聞いたことは一度も？」

二人の会話が落ち着いたところで、裕之は口を挟んだ。

「ありません」

今日子はきっぱりと否定した。

「それじゃ、何か変わったことはありませんでしたか？」

「そう言われても」

本当に思い当たることがないらしく、今日子は困惑した様子を見せる。

「亡くなられた患者さんは？」

「それは、まあ、いらっしゃいましたけど」

今日子はそう言ってから、

「そういえば……」

「なんですか？」

「三ヵ月くらい前に、突然、容態《ようだい》が急変して亡くなった患者さんがいました」

「原因は？」

今日子は首を傾《かし》げる。

「その患者さんの家族は？」

「身寄りのないお年寄りだったそうです」

それで、あくまでも噂にしかならなかったのかと、裕之は納得した。腑《ふ》に落ちない死に方をされれば、家族なら黙っていないだろう。

「担当した医師はわかりますか?」

「そこまでは」

「あの医者じゃないのか」

今日子を遮るように康夫が言った。

「だから、あなた」

また今日子がたしなめる。

「そのほうが医療過誤で亡くなったと決まったわけじゃないんですよ」

「もちろん、そうだと決めつけてはいませんが、もう少し、詳しい話を聞かせてもらえますか」

「詳しいと言っても」

今日子は首を傾げ、

「入院していた階も違ってましたし、それに、夜中に起こったことで、私も知ったのは翌朝でした。だから、担当医ではなくて、宿直医のどなたかだったと思うんですが」

看護師なら知っていても教えないだろうし、もしかしたら、その患者は個室に入っていたのかもしれない。それなら、他の患者も気付かなかっただろう。

「はっきりとした日付は、わかりませんか？」

日付がわかれば、宿直だった医師を調べることもできるかもしれない。医局に忍び込めれば、勤務表のようなものがあるはずだ。

「さあ、だいたいこの辺り、というくらいならわかりますけど」

壁にはちょうど一年の日付の入ったカレンダーが貼られている。それを指さしながら、今日子はこの辺りを示して見せた。八月の一週目と二週目の辺りだ。確かに三ヵ月前だが、その範囲は二週間もある。

だが、一歩前進できた。

記者の勘だと言えば、如月には笑われるかもしれないが、裕之はこれが、医療過誤の噂の元だと確信した。

まずは、そのはっきりとした日付を調べることだ。明確な目的ができ、裕之はやる気になる。

「ありがとうございました」

裕之は、今日子と康夫に深々と頭を下げた。

「これで何か役に立てたんでしょうか？」

康夫は不思議そうに尋ね、

「私の言ったことで、病院に迷惑がかかるなんてことは」

今日子は自分の発言を心配する。

「俺は嘘やでっち上げの記事を書くつもりはありません。もし、医療過誤が本当に起こっていたことなら、それは、明らかにすべきことだと思いませんか？」

裕之の真摯《しんし》な態度に、今日子も納得したような顔を見せた。

裕之は再度、二人に礼を言って、佐橋宅を後にした。

次に向かう先はもう決めている。病院だ。

調べたいのは、三ヵ月前に急死した患者のこと。明確な日付、担当医、それに死亡原因と、調べるべきことはいろいろある。どれから手をつければいいのか、調べやすいのはどれか。裕之は道すがら、それを考えていた。

やはり、最初にしなければいけないのは、明確な日付を探ることだ。それをしなければ、他のことも調べられない。

病院に着いて、裕之はまず入院病棟に向かった。

二階に入院していた今日子は、階が違ったと言っていた。この病棟では、二階と三階が大部屋、四階が個室になっている。急死した患者は三階か四階に入院していたと考えられる。

間《ま》が悪いことに、まだ昼食の時間だった。見舞いできる時間は午後からだが、この時間にも家族や付き添いはいる。それでも、あまり普段着の人間は多くない。今、目立つことは避けたかった。

裕之は病室に向かうのは後回しにした。

病院内のことは、人間ドックに入っていた間に、頭に入れておいた。L字型になった建物の、今いる病棟とは反対の直線側に、外科医局がある。

裕之はそこを目指すが、その足取りは重かった。

外科医局には陣内がいる。昨日、陣内から与えられた脅しの言葉は、はっきりと耳に残っている。できることなら、会わずに過ごしたかった。もし、ここで陣内に見つかれば、何をされるかわからない。初対面の裕之に、あんなことをした男だ。もっとひどいことでも平気でしそうな気がする。裕之は思わず体を震わせた。

それでも、裕之はゆっくりと足を前に動かした。怖くても、陣内を無視しては取材を前には進めない。佐橋康夫の言葉を信じるなら、陣内はずいぶんと強引なやり方をしている。陣内に反感を持つ、病院関係者がいてもおかしくはない。

裕之が診断以外の話をした医師は、今のところ陣内だけだ。他の医師から何か話を聞き出せないか、やるだけはやってみようと思った。

人目を避け、外科医局に向かう。大西総合病院では、外来診療は午前中だけで、外来患者のいなくなった診察室の並びに、人影はほとんどなかった。それでも一人だけ歩いてくる看護師を見つけ、トイレに逃げ込むことで避けた。

裕之が再び歩き出すと、その視線の先に、陣内の姿があった。

瞬時にあのことを思い出し、金縛りにあったように動けなくなる。

幸い、陣内は裕之には気づかず、二階へと続く階段を上がっていった。その行動が裕之にはどこか不自然に思えた。

医者の陣内が病院内を歩き回ってもおかしくはない。だが、陣内は、裕之と同じように看護師から姿を隠した。それが気になり、裕之はこっそりと跡を尾け始める。

陣内と同じように階段を上がると、誰もいない廊下で、一つだけドアが閉まるのが見えた。裕之は足音を忍ばせ、そのドアに近づいていく。

検査室とだけしか書かれていない部屋の中は、重いドアのために様子がわからない。少しでも何かわからないかと、裕之はドアに耳を近づけた。

そのとき、いきなりドアが内側から開いた。

裕之は息を呑んだ。

陣内が笑みを浮かべて立っていた。その笑みは、裕之が尾行していたことも、それどころか、あの廊下で陣内を見ていたことも知っていたことを物語っている。

陣内は驚きで動けない裕之の腕を取り、中に引き入れた。そして、突き飛ばすように部屋の奥へと促す。

「入院病棟以外で君の姿を見かけたときは、どうなっても知らないと、私は言ったはずですよ?」

笑顔のまま、陣内は問いかけてくる。

忘れてなどいない。だからこそ、陣内に会わないようにしていたのだ。裕之は応えを返せなかった。

嫌な汗が裕之の背中を伝う。

裕之が陣内の言葉に従わなければならない理由などない。だが、そんなことすら口にできないほど、裕之は恐怖に縛られていた。口の中は渇き、唾液《だえき》で潤《うるお》そうとしても、それすら出てこない。自分では見ることのできない顔も、きっと青ざめていることだろう。

「君も懲りない人ですね」

陣内が、一歩、裕之に近づいてくる。その分だけ、裕之は足をもつれさせながらも後ずさる。

「こ、こんな所にいていいんですか？」

裕之は距離を取りながら尋ねた。白衣姿の陣内は勤務中のはずだ。

「今は昼休憩中ですので、君の相手をする時間は充分にあります」

陣内はまったく動じた様子はない。

「呼び出しさえかからなければですが、まあ、大丈夫でしょう」

さらに陣内が近づいてきて、裕之は壁に追いつめられる。

「俺をどうするつもりですか？」

「さあ、どうしましょうか」

陣内の口調は楽しげだった。

「人のことばかり責められるんですか？」

裕之は佐橋の言葉を思い出した。

「成功率も説明しないで、強引に手術を行ったそうじゃないですか。それって、問題になるんじゃないですか？」

「どこで、そんな話を仕入れてきたんですか？」

ほんの少しだけ、陣内は驚いた表情を見せた。それに気をよくして、裕之はさらに言葉を続ける。

「脅されれば、俺だって黙っていません」

陣内は笑い出した。

「何がおかしいんですか？」

「私を脅しているつもりなのかもしれませんが、私がその成功率を説明しなかったという話、何か証拠でも？」

「患者さんがそう言ってるんだから」

「記憶違いということもあります。もしくは私が説明したのに、聞いていなかったという可能性もないとは言い切れません」

確かに陣内の言うとおりだ。それに、もし陣内を糾弾《きゅうだん》しようと裕之が持ちかけても、佐橋たちは応じないだろう。今日子の手術は成功し、退院できるまでになった。今日子は陣内に感謝している。結果として、陣内のしたことは間違っていなかった。

「公表されている成功率というのは、一般的な平均値です。私個人の成功率なら、もっとパーセンテージは上がります」

自信に満ちた陣内の言葉だった。自分の能力、技術に絶対的な自信を持つ陣内を、裕之は羨《うらや》ましく思う。今の裕之は、何もかもが中途半端《はんぱ》で、自信など到底持つことができなかった。仕事はもちろん、私生活でも性癖を受け入れることのできない自分に負い目を感じていた。

「急におとなしくなって、どうかしましたか？」

気づけば、陣内はすぐ前まで来ていた。裕之は逃げ場所を求め、陣内の隙を窺う。

「もし、私がここで大声を出したら、どうなると思います？」

陣内が思いがけないことを言ってきた。

「どうなるって……」

「まず誰か駆けつけてくるでしょう。そして、君を見つける。私は君がここに入り込むのを見つけたから、後を追いかけてきただけだと言う。さあ、君はどう言い訳しますか？」

言い訳など何も思いつかなかった。裕之と陣内、病院関係者がどちらを信用するかは考えるまでもない。こんな場所に裕之がいるのは不自然だし、裕之が出版社に勤めていることもばれている状況だ。最悪の場合、警察を呼ばれることもあるかもしれない。

裕之が黙ったままでいると、陣内が体を寄せてくる。裕之は既に壁に追いつめられていて、逃げようがない。

陣内は裕之の顔の両側に手を着き、耳元に顔を近づける。

「君は私の言うことを聞くしかないってことです」

耳元で囁かれ、一瞬で体が熱くなる。陣内の声は、裕之にとって麻薬だ。耳朶に吹き込まれると、それだけで、腰が砕けそうになる。

「おや、何を想像したんですか？」

陣内の声は笑っている。

「もしかして、前のようにされると思っているんですか？」

からかうように言われても、裕之は唇を噛み締めるだけで答えられなかった。陣内の視線は裕之の中心に向かっている。裕之は自分でも気づいていた。微かに膨らんだ中心は、ジーンズの上からでもわかってしまうことを。

「こうされることを期待して？」

陣内の手がジーンズの上から、裕之の膨らみを撫でた。

「触るなっ」

裕之は体を捩った。

あのときのように拘束はされていない。陣内を突き飛ばしてでも逃げることはできる。それなのに、体は思うように動かない。それはこの声の呪縛《じゅばく》のせいだ。

「あのときは何もかもが初めてのようだったのに、癖になってしまいましたか？」

辱《はずかし》める言葉にさえ、体が反応してしまう。

声が外に漏れることを気にしているのか、陣内は裕之の耳元で囁き続けた。それが裕之を追いつめる。

「違う」

きっぱりと拒絶したいのに、声が震える。

「本当に？」

陣内の唇は、もう裕之の耳朶に触れている。まるで愛の言葉を囁くかのように、甘く響く声に、裕之は体中が痺れるような快感に襲われた。

そんな裕之の反応は、全て陣内に見られている。

「それじゃ、こうしましょう。おとなしくしていたら、前よりも、もっと深い快感を与えてあげると言ったら？」

裕之は驚いて、陣内を仰ぎ見た。

指を入れられただけで、過去に味わったことのない快感を与えられた。他人の手に扱《しご》かれたのも初めてだった。

あのときの快感を思い出すだけで、体が熱くなる。

「君にとって、悪い条件じゃないでしょう？」

裕之の内心の動揺を見透かしたように、陣内が重ねて問いかける。

だが、そんな条件を受け入れるわけにはいかない。記者のプライドどころか、男のプライドまでなくしてしまう。

「馬鹿にしないでください」

裕之は思わず怒鳴った。

「静かに」

陣内が裕之の口を手のひらで塞いだ。

「いくらここが、医局やナースステーションから離れているといって、あまり大声を出すのは感心しませんね。人に知られて困るのは、君のほうでしょう?」

裕之はまた唇を噛み締める。

答えない裕之に、

「交渉《こうしょう》成立ですね」

陣内が最後の確認とばかりに、耳に息を吹きかける。それは甘い誘惑だった。だが、それに流されるわけにはいかない。裕之には一度は捨ててしまったが記者のプライドがある。今度こそは、守り抜きたかった。

「冗談じゃない」

裕之は陣内の肩を押し、きっぱりと撥ね付けた。

「君も頑固《がんこ》な人ですね。もうこんなになってるのに」

陣内はジーンズの上から裕之の昂りを摑んだ。

「いっ……」

痛みを感じさせるほどの強さだった。

「私が医者だということを忘れないように。大事な場所が使いものにならなくなってもいいんですか？」

陣内はさらに手に力を込めた。

痛みと恐怖で、裕之は顔を歪める。

裕之の抵抗を封じた陣内は、白衣のポケットから白くて細い布テープを取り出し、素早い動作で、裕之の両手を前で拘束した。

あのときもこうして縛られた。思い出すだけで、萎《な》えかけていた中心が、また力を持ち始める。

「君はよほど縛られるのが好きなようですね」

陣内が裕之のジーンズのファスナーを下ろし、中に手を差し入れた。

「またこんなになってる」

見えない場所で柔らかい動きをする陣内の手のせいで、裕之の口から甘い息が漏れる。

「ふあっ……」

裕之は縛られた両手で口を塞いだ。

陣内の手は軽く揉んでいるだけなのに、その先を期待しているからか、体はどんどん暴走する。

「君は本当に気持ちよさそうな顔をする」

陣内は首を曲げ、裕之の顔を覗き込んだ。

「見るな」

裕之は俯いて、陣内の視線から逃れる。

「それは手に集中しろということですか？」

根本から先端に軽く扱かれ、違うという言葉は呑み込まれた。

「このままだと、下着を濡らしてしまいそうですね」

既に先端からは先走りが出始めている。濡れた粘着質な音は、裕之の耳にも届いていた。

「だったら、もう……やめ……」

「でも、中途半端は辛いでしょう？」

陣内が耳朶に直接息を吹きかけるように言った。それから、首筋に移動し、音を立てて口づけた。

唇の触れた場所が熱を持ったように熱く感じる。

「あっ……」

「ほら、また大きくなった」

裕之は唇をかみしめ、首を横に振る。

「そうですか？」

陣内は裕之のジーンズに手をかけ、下着ごと一気に膝まで引き下げた。遮るものがなくなり、裕之の中心は解放されたように勢いよく天を突く。

「これが正常な状態だと？」

裕之の中心は、既に裕之の意志を裏切り、完全に勃ち上がっている。

「君は何もしていなくても、こんなに固く先を濡らしていると?」

「違っ……」

裕之は羞恥で首筋まで赤く染める。

「それでは、私の手で気持ちよくなっていると認めますね?」

赤い顔のまま、裕之は頷いた。

陣内がクスッと笑った。

「この状態で、よく我慢しようとしたものです」

宥《なだ》めるように撫でられた。

陣内の手は、繊細にかつ大胆に巧《たく》みに、裕之を煽る。

「あ……ふぁ……」

漏れる息は快感しか伝えない。

昂りは震え、先走りが陣内の手を濡らす。陣内はその滑りで、わざと音を立てるように扱いた。耳はその卑猥《ひわい》な音で犯され、さらに体が熱くなる。

イキたい。そんな気持ちが先走る。

「まだ駄目ですよ」

陣内の手が動きを止めた。それだけではない。張りつめた屹立の根本を、指で作った輪で堰き止めることまでした。

裕之は瞳を潤ませ、抗議の目を陣内に向ける。

「もちろん、これでも充分に気持ちよさそうですが、君はこっちのほうがよかったんでしたよね？」

陣内の手が、裕之の後ろに回った。

「ひぁっ……」

窪《くぼ》みに指を這《は》わされ、声が跳ねた。

体はすぐにあのときの快感を思い出す。

「ほら、もう期待してひくついてる」

見透かしたように陣内が言った。

「違う……」

「そうですか？」

指の腹を後孔に押しつけられた。

「はぅっ……」

陣内の指に押し出された声は、どこにも嫌悪を感じさせない。裕之は慌てて口を塞いだ。

「そうですね。声が漏れないよう、そうしていなさい」

陣内の言葉とともに、指が中に押し入ってきた。裕之は強く口に手を押し当て、漏れる声を呑み込む。

「咥《くわ》え込んで、私の指を離さない。こんなに待ち焦がれていたんですね」

「ああっ……」

塞ぎ切れない声が、塞いだ手から溢れ出る。

陣内が指の腹で、裕之の奥を押した。そうすればどうなるのかわかっていて、的確にその場所を捉えている。

裕之の全ての神経はそこに集中し、全身からは汗が噴き出している気がした。

「や……はぁ……」

押されるたびに息が漏れ、声が漏れる。

裕之は無意識に腰をくねらせた。

「おや、催促《さいそく》ですか?」

陣内が笑いながら、指を増やした。

「あうっ……」

自分を犯す質量が倍に増え、裕之は悲鳴を上げた。

「大丈夫ですよ。君はここまでは経験済みです」

陣内は患者を安心させる医者の口調で言った。

確かに裕之もそれは覚えている。二本の指を呑み込まされ、そして、その指に狂わされたことも、まったく記憶は薄れていない。

「ほら、もう柔らかく包み込んでる」

陣内がまた耳元で囁く。

中がどんなふうになっているのか、そんな説明などいらないのに、陣内はわざと裕之の残っている理性を掻き乱す。

「自分でもわかるでしょう？」

裕之は首を横に振る。もう言葉などまともに紡げない。

「それでは、もう一本増やして、確かめてみましょう」

「無……無理……」

裕之はかろうじて、それだけを口にすることはできた。けれど、力のない抵抗は、すぐに途切れる。

三本目の陣内の指が、狭い中を押し入ってきた。

今までに感じたことのない圧迫感に、息苦しささえ覚えるのに、それでも快感は薄まらない。いきり立つ中心までが、裕之を苦しめる。

裕之の足は震えだし、とても自力では立っていられなくなる。

「先……生っ」

裕之は陣内の胸に倒れ込み、何とかしてほしいと訴えた。

「立っていられませんか？」

裕之はガクガクと何度も頷く。

もはや、頼る人は陣内しかいない。自分を苛む陣内にしか、助けを求めることができない。裕之は必死だった。

「いいでしょう」

陣内は優しい声でそう言い、指を引き抜いた。引き抜かれる感触が、また違う快感を与え、崩れかけた体を陣内が支えてくれた。

「その検査台に摑まりなさい」

壁に沿うように配置された検査台が、裕之の目の前にある。裕之は縛られたままの両手をその上に載せ、前屈《まえかが》みになって体を支える。

今の裕之には自分がどんな姿になっているのかを、気遣う余裕がなかった。ジーンズと下着を膝にまとわりつかせたまま、剝き出しになった双丘を陣内に向かって突き出している。それがどんなに扇情《せんじょう》的に映るのか、まったく気付いていてはいなかった。

「素直なのはいいことです」

陣内が裕之の腰を両手で摑んだ。

「ああっ……」

熱くて固い塊《かたまり》が、裕之の中に押し入ってくる、いくら指で解《ほぐ》されたとはいえ、その大きさは比べるまでもない。裕之は圧迫感に呼吸を奪われ、息苦しさを感じながらも、その正体を確かめようと、首を後ろに曲げてみた。

陣内がスラックスの前を開け、裕之の腰に押しつけている。

呑み込まされているのは、陣内の熱い昂りだ。その事実に、裕之の鼓動は、これ以上ないくらいに速まる。

「もうそんなことまでできるんですか？」

聞こえてきた陣内の声は、いつもより熱い響きを持っているような気がする。

何がと問いかけることもできない裕之に、

「今、私を喜ばそうと締め付けましたね？」

陣内は言葉で嬲《なぶ》った。

そんなことをしたつもりはない。ただ、無意識で力が入ってしまっただけだ。前回のように指でイカされるのではなく、初めて男を受け入れさせられることに、不安と緊張、それに喜びを抱いてしまったことを認めないわけにはいかない。ゲイであると疑惑を持ったときから、誰とも体を交わらせることはないと思っていた。それが思いがけない方法で、人の肌の温もりを教えられた。だが、それを陣内に気付かれるわけにはいかなかった。ただ裕之をいたぶるためだけに、こんなことをする陣内には知られたくない。

「こんなに順応性の高い体なら、少々、無理をしても大丈夫ですね」

陣内はさらにグッと残りを押し込んだ。

「や……ぁう……」

体が馴染《なじ》む前に、陣内の全てを体で呑み込まされた。

額からは汗が滲んでくる。

裕之は苦しさから逃れるように、検査台に上半身を倒した。もちろん、体は深く交わったままで、逃れることなどできない。

「大丈夫。君には素質があります」

陣内の言葉もどこか遠くで聞こえる。裕之は呼吸を繰り返すだけで精一杯だった。

陣内が浅く抜き差しを始めた。

「待っ……」

悲鳴が途中で途切れる。

内臓が引きずり出されるような感触だった。これが快感に変わるとはとても思えない。解放間近だった中心は萎え始め、苦しさだけが裕之を襲う。

「思い出してください」

陣内が動きを止め、背中を丸めて、裕之の耳元に口を近づける。

「君は私の指にここを突かれて、さんざんよがったんですよ」

そう言って、陣内はクッと腰を使ってさらに奥を突いた。

「あっ……あぁ……」

裕之は嬌声《きょうせい》を上げた。

忘れてなどいない。さっきまで陣内の屹立が、そこに触れていなかっただけだ。触れられてしまえ

ば、呆気ないほど簡単に体の熱は急速に高まっていく。

すぐに再開した陣内の抜き差しに、今度はリズムを合わせるように、裕之は声を上げていた。

「はぁ……ん……」

指で突かれるのとはまた違う快感が押し寄せる。もっと深く大きな波が裕之を呑み込み始める。

「ほら、最高でしょう？」

その声に応えるように、また固く張りつめた裕之の先端からは、先走りが零れて落ちた。

それからは、陣内はもう容赦《ようしゃ》なかった。

検査台が揺れるほど激しく突き上げられ、裕之は声を殺す余裕などどこにもなくなる。

裕之の限界に気づいたのか、陣内の手が裕之の中心に絡んだ。

「ああっ……」

後ろを突き上げられ、前は擦られ、裕之は自身を解き放った。陣内は達する直前に裕之の中から脱して、裕之の双丘に放出する。

裕之は床に崩れ落ちた。

指一本動かす気にはなれなかった。呆然と床に座ったままの裕之の前で、陣内が身繕《みづくろ》いを整えている。もっとも、下半身を晒け出した裕之とは違い、陣内は前を寛《くつろ》げただけだった。

完全に元の状態に戻り、さっきまでの行為を感じさせない姿になってから、陣内は裕之の手の拘束を解き放った。そして口を開く。

「言っておきますが、これは和姦《わかん》です」

「どこが」

裕之は怒りで上手く言葉を紡げない。

「いくらでも逃げるチャンスはあったと思いますが」

「脅したじゃないですか」

「人聞きの悪いことを言わないでください。これは取引です」

「取引？」

思いがけない陣内の言葉に、裕之は眉根を寄せて問い返す。

「君は取材のために、私の言うことを聞いた。立派な取引でしょう？」

「取材のために体を使ったって？」

裕之は怒《いか》りで体が震える。

確かに一人前の記者ではないかもしれないが、そこまで侮辱《ぶじょく》される覚えはない。

「馬鹿にするな」

「何を怒っているんですか？」

陣内は不思議そうだった。

「取材方針は人それぞれ、いろんなやり方があってもいいと思いますが」

裕之は言葉に詰まる。

陣内にはからかっているつもりはなさそうだ。本気でそう思っているらしい。根本から、陣内は価値観や常識が人とは違う気がする。

「それに、君にとっても悪い取引ではなかったでしょう？」

陣内の視線が床に落ちた。裕之がその視線に釣られて見ると、そこには小さな水溜りができていた。それは、裕之が吐き出した滴《しずく》だ。

裕之はすぐにそれに気づき、羞恥で反論の言葉が出なかった。

「初めてなのに、ずいぶんと感じていたようですし」

陣内はさらに裕之を辱める言葉を続ける。だが、言葉の内容とは裏腹に、陣内の口調はいたって淡々としていた。

裕之には陣内がまったくわからなかった。裕之にこんなことをしておきながら、欠片《かけら》も悪びれたところがない。それどころか、まるで裕之のためにしたのだと言わんばかりの態度だ。

だが、もっとわからないのは、裕之自身だった。これは取引なんかじゃない。両手の自由を奪われ、体を自由にされた。それなのに、陣内への怒りが湧いてこない。陣内の言動や態度には、馬鹿にされたようで腹が立つのに、されたことには腹が立たない。それが不思議だった。

「ところで、いつまでそうしてるんです？」

いつまでもしゃがみ込んだままの裕之に、陣内が問いかける。

陣内に言われるまでもない。できることなら、すぐにでもこの場所から逃げ出したかった。だが、初めて、男を受け入れた体は、言うことを聞いてくれない。腰に力が入らず、立ち上がることができなかった。

「先に行けばいいじゃないですか」

裕之は精一杯の虚勢を張って言った。

裕之に対してひどいことをした相手なのに、言葉が丁寧《ていねい》になってしまうのは、陣内が医者だからだ。父親のこともあって、裕之は医者や看護師を尊敬していた。

「いいことを思いつきました」

陣内がさっきまでの激しさを感じさせない、涼しい笑顔で言った。

「衣類だけ身に着けて、待っていなさい」

「待つって……」

「ああ、そうでした。言うまでもなく動けないんでしたね」

裕之の了承の返事も待たず、陣内は笑みを浮かべて検査室を出ていった。その言葉から、すぐに戻ってくるつもりなのはわかった。

裕之に陣内を待つ義務はない。できることならすぐにでも逃げ出したかった。

裕之は床に手を突き、体を起こそうとして、すぐに挫折《ざせつ》した。信じられない場所から、疼《うず》くような痛みが拡がる。それが男を受け入れた証《あかし》だということは言うまでもない。

裕之は手を伸ばして、膝にまとわりついたジーンズと下着を摑んだ。立ち上がれなくても、なんとかそれらを引き上げることだけはできた。

床に座ったまま、裕之は室内を見回した。そして、目当てのものが見つけられなかったことに落胆の溜息を吐く。

裕之は鏡を探していた。身なりを確認するためではない。自分の表情が見たかった。

初めて男に抱かれた裕之の顔は、それまでと何か変わっていないか。他人から見ておかしく見えはしないか、それが心配だった。

陣内が戻ってきたのは早かった。

「どうしました？　そんなに驚いた顔をして」

「こんなに早く戻ってくるとは思わなかったから」

だから、裕之は考えに耽《ふけ》っていた。その思考のほとんどが陣内のことを占めていただけに、予想外に早く現れた陣内に、驚きを隠せなかった。

「君を一人にしておくのは心配ですからね。急ぎました」

なんでもないことのように言う陣内に、裕之はドキリとさせられる。

「それはなんですか？」

動揺を隠すように、陣内が押してきた車椅子について尋ねた。

時間の経過から考えて、陣内はこれを取りに出ていったのだろうが、その目的がわからない。

「今日から君は入院です」

裕之の質問の答えとは思えない言葉を、陣内が口にした。

耳にした言葉がすぐに理解できなくて、裕之は一瞬、きょとんとした顔で陣内を見上げた。そんな裕之の態度に、陣内がもう一度同じ言葉を繰り返す。

「君の入院が、たった今、決まりました」

「たった今って、どうして、俺が」

裕之は当然の疑問を口にする。

「動けないんでしょう？」

「それはそうですけど」

今は動けなくても、病気でも怪我でもない。それは陣内もよく知っているはずだ。しばらくすれば回復するからと、裕之は訴えた。

「いつまでも君にこの部屋を貸しておくわけにはいかないんですよ。いつ使うかしれませんからね」

「だったら、タクシーか何か呼んでくれれば」

「そこまで私が君を担《かつ》いでですか？　歩けないほど体調の悪い人を、医者の私がタクシーで追い返すと？」

陣内は医者としての体面を考えろと言っていた。そんなものを気にするようには見えないが、病院としてのイメージが悪くなることも考えられる。

「でも、入院なんて大げさな」

「よく考えたほうがいいですよ」

陣内に言われ、裕之は自分の状況を思い返した。

病院に入り込む理由を探して、人間ドックまで受けた。その後は入院患者の見舞いだ。だが、それも病院内をうろつくには、あまり効果的な理由とは言えない。それに比べて、入院患者なら、堂々と病院内をうろつける。

陣内の申し出は、裕之にとって願ってもないことだった。

「いいんですか?」

「君は、どうせおとなしくなどしていないでしょう?」

「当たり前です」

「それなら、まだ目の届くところに置いておいたほうが、君を見張れますから」

陣内の言葉には他に何か意味があるのか。見張るよりも排除したほうが、陣内にとっては楽なのではないのか。そんな考えが頭の中でひしめき合う。

「それに、君は私に逆らえるんですか?」

陣内が裕之の前にしゃがみ込んだ。

「君の体のどこをどうすれば、君が感じるのか、私は全部知ってるんですよ」

陣内は言葉一つ、笑顔一つで、裕之の記憶を操作する。裕之は顔を真っ赤にして俯いた。

「でも、俺は何でも言うことを聞くなんて、言った覚えはありません」

俯いたまま裕之が反論すると、陣内が面白そうに笑う声がした。

「ずいぶんと強気ですね。さっきまで、あんなにかわいい声で泣いていたのに」

裕之はますますいたたまれない気持ちになる。かわいい声かどうかはともかく、さんざん喘がされ泣かされたことは事実だ。

「入院、しますね？」

再度尋ねられ、裕之は黙って頷いた。

これ以上、無駄に刃向かっても、余計なことを言われるだけだ。入院できるのは裕之にとっては、ありがたいことなのだから、従っておいたほうがいい。

「それでは、話がまとまったところで、行きましょうか」

陣内が裕之を軽々と抱き上げ、車椅子に乗せる。

さっきまではこそこそと移動していた病院内を、今は車椅子に乗り、堂々と陣内に押されての移動となった。

「どうなさったんですか？」

師長が驚いた顔で近づいてきた。

「確か、田中さん？」

一泊二日の人間ドックだったが、つい昨日のことで、師長もまだ裕之の顔を覚えていた。

「お見舞いに来られて、倒れられたんですよ。たまたま私が発見したので」

陣内が師長に説明した。

「貧血か何かでしょうか？」

「それを含め、もう少し、検査をしたほうがいいようですね。院長には私から言っておきます」

師長と別れ、陣内は病棟に向かって歩き出す。だが、大部屋の並ぶ二階からさらにエレベーターで上がり、四階に連れていかれた。

「ここは個室病棟ですよね？」

人気のない廊下を進みながら、裕之は陣内を見上げて尋ねる。

「そうですが、何か？」

「俺、そんなお金ありません」

裕之の給料からすれば、人間ドックだけでも、手痛い出費だった。その上、入院費用、しかも個室となれば、相当な額になるだろう。それは、ほとんど貯金もない裕之にとって、来月以降の生活に関わってくる問題だ。

「誰も君に払えなんて言ってません。私が払っておきますよ」

「どうして、そこまで」

陣内はそれには答えず、先に近くの病室のドアを開けた。

「今日からここに入ってもらいます」

案内されたのは、それほど豪華な部屋ではなかった。個室の中でもランクがあるのだろう。ここと大部屋との違いは、ベッドが一つだけしかないことと、専用の洗面台があることだけだ。もちろん、裕之にはそれで充分で、入院する本当の理由を考えれば、人目や時間を気にしないでいられるのはありがたかった。

「大部屋にいられると、君は他の患者さんにあれこれ聞いて回りますからね。かえって、病気を悪化させるようなことを言われると困ります」

部屋の中に入り、ドアを閉めてから、陣内はさっきの質問に答えた。

医療過誤を調べているのだと言って回れば、病院の外聞に関わる。入院患者も転院を言い出すかもしれない。陣内はそれを気にしているのだろう。

「ここなら、個室ですから、携帯を使ってもらってもかまいませんよ」

陣内の親切が妙に不気味ではあったが、確かに、個室のほうが助かる。外部との連絡も取りやすい。

陣内は車椅子からベッドに、裕之を抱き上げ移した。

「何かあったら、ナースコールではなく、私を直接呼んでください」

「どうやって」

陣内が近づいてきて、裕之の携帯を取り上げる。

「私の番号を入れておきましょう」

素早い操作で、裕之の反論も聞かず、陣内は番号を打ち終えた。それから、思い出したようにニヤッと笑う。

「中出しはしていませんから、お腹を壊すことはないと思いますが、何しろ、初めてですから」

陣内はわざと裕之を辱めようとしている。裕之はわかっていながら、羞恥に顔が赤くなるのを止められなかった。

「それと、これも念のために置いていきましょう」

陣内は白衣から、小さなケースを取り出し、ベッドの横の棚に置いた。

「なんですか？」

「傷薬です。傷をつけるような下手《へた》なことはしていませんが、もし、痛むようでしたら塗ってください」

陣内はどこにとは言わなかったが、聞かなくてもすぐにわかった。

答えられない裕之を残し、陣内はドアに向かう。

確か、昼休憩だから大丈夫だと言っていたはずだ。医者の休憩時間がどれだけあるのか知らないが、そろそろ戻る時間なのだろう。

陣内はドアの取っ手に手をかけて、振り向いた。

「自分で塗れないようでしたら、電話してもらってもかまいませんよ」

裕之は言葉で答える代わりに、枕を陣内めがけて投げつける。だが、それより早く、陣内はドアの向こうに消えた。

陣内がいなくなった後、裕之は早速、会社に電話を入れた。

『それで、いつ帰ってこれるんだ？』

電話に出た編集長の声は機嫌が悪かった。

「それがはっきりとは……」

裕之にもわからず、口ごもって答えるしかない。

『これで、記事を持って帰ってこなきゃ、席はないと思えよ』

編集長はそう言うなり受話器を叩きつけたようだ。その音が与えた衝撃に、裕之は携帯を耳から遠ざけた。

編集の言葉はどこまでが真実かわからない。確かに、裕之程度の新人なら、いくらでも代わりはいる。裕之は焦った。

体はまだ言うことを聞かない。ベッドから降りようとしても、あり得ない場所に痛みが走る。傷はついていないはずだと陣内は言ったが、どうなっているかわからない。けれど、それを見て確かめる勇気はなかった。もちろん、陣内も呼べない。

裕之がベッドに突っ伏して寝ていると、ドアがノックされた。

「どうぞ」

裕之が答えると、ドアを開けて顔を覗かせたのは、櫻井だった。櫻井は床に落ちた枕を、不思議そうに見下ろし、それを空いている手で拾い上げる。

「気分はどうですか？」

枕のことは追及せず、優しい笑顔で、櫻井が問いかけてくる。

複雑な気分だった。櫻井は否定したが、陣内とはかなり親しげな様子で話していた。それに、陣内以外で初めてこの病室に現れたということも気になる。

「もうかなりいいです」

裕之はどうにか上半身だけ起こし、櫻井に答える。

「陣内先生から言いつかって、とりあえず、入院に必要なものをそこの売店で買ってきました」

見ると、枕と反対の手には、パジャマらしきものがあった。

「陣内先生が?」

「ええ、お金も預かってるって」

話を合わせないとおかしいと思い、裕之はそうだと頷く。

「急だったから、着替えも何も持ってらっしゃらないでしょう? パジャマと下着と」

櫻井は平然とした顔で、ベッドの上にそれらを載せていく。裕之にとっては、いくらゲイかもしれないとは思っていても、若い女性に下着を見られるのは気恥ずかしい。

「私たちのことは、あまり女性だと意識しないでくださいね」

裕之の様子に気付いた櫻井が言った。

「すみません」

「慣れないうちは、皆さん、そうですけど」

櫻井は笑う。

「あとは歯ブラシとタオルです」

「ありがとうございました。こんな雑用をお願いしてしまって」

「これくらいは何でもないですよ。気にせずに言ってくださいね」

櫻井は優しく気のつく看護師に見えた。

「明日から、また検査なんですか？」

裕之は尋ねた。いくら口実で入院させただけにしても、何もしないでいるのはおかしい。陣内のことだ。その辺りのことは考えているだろう。

「とりあえず、先日の人間ドックの結果を見てからだそうです。血圧と体温は毎日、測らせてもらいますけど」

「ああ、まだ出てないんですか」

裕之は健康体で、病院にはまったく縁がなかった。過去に受けた健康診断でも、その結果をあまり気にして見てはいなかったから、検査からどれくらい経って結果が来たのかも覚えていなかった。

「疲労かもしれませんね。お仕事、忙しいんでしょう？」

「ええ、まあ」

そう答えたものの、櫻井には仕事の話をした覚えはない。

「西野《にしの》さんたちが言ってましたよ。外見もかっこいいけど、仕事もかっこいいって。この病院をランキングするかどうか調べてらっしゃるんですよね？」

　話の流れから、西野というのが、この間、中庭で話した看護師のうちの一人だということはわかる。

西野たちは、わざわざ櫻井にそのことを話したのだろうか。

「この間、陣内先生のことを聞いてらしたのは、そのため？」

「それは別です」

裕之は焦りながらも言い訳を考える。

「腕がよくてかっこいい医者がいるって噂を女友達が聞きつけて、ついでに調べてこいって言われただけなんですよ」

「本当ですか？」

裕之の適当な言い訳に、櫻井は納得できないふうで尋ねる。

「他に何か理由があるとでも？」

裕之は逆に問い返した。

「何か理由って……」

裕之が問い返したことが意外だったのか、櫻井は少し狼狽《うろた》えた様子を見せた。

何か隠している。裕之はそう確信した。

「陣内先生には、何か調べられるようなことがあるんですか？」

裕之は畳《たた》みかけるように尋ねた。

「とんでもありません」

櫻井は慌てて首を横に振る。

「私は仕事がありますから、これで」

どう好意的に見ても不自然な態度で、櫻井は慌てて病室を出ていった。

互いに探りを入れ合い、互いに怪しいという印象を与え合うだけで終わった。今の櫻井との遣り取りはそんな印象だった。

櫻井は裕之の入院を聞いて、急に近づいてきたような気がする。

陣内が本当に櫻井に頼んだのか、櫻井が自《みず》ら進んで買い物をしてきたのではないか。裕之はそう感じた。陣内に確認を取れればいいのだが、電話をするのはためらわれる。

電話はまともに声が耳に響く。また体が熱くなりそうで、それが怖かった。

◇　◇　◇

朝になると、裕之は完全に回復していた。ベッドから降りるのも何の問題もない。

朝の検温には櫻井ではない、別の看護師がやってきた。もちろん、当直や夜勤などの関係もあるのだろうが、昨日のこともあって、櫻井が避けているような気がしてしまう。

裕之は味気ない朝食を終えると、早速行動を開始した。じっとしている時間がもったいない。

外科医局の近くで、どうにも病院関係者とは思えないスーツ姿の男を見かけた。裕之は物陰に隠れ、様子を窺う。

「また何かありましたらよろしくお願いいたします」

その男が深く頭を下げて言った。

「あんまり頻繁《ひんぱん》に来られるのも、外聞が悪いんだけどな」

話しているのは、見たことない医者だ。

「葬儀屋にうろうろされると、うちの病院の腕が悪いと思われるよ」

「とんでもない。アフターケアも万全な素晴らしい病院だと評判になるんじゃないですか」

世間話のような二人の会話から、スーツの男が葬祭会社の社員らしいとわかった。

裕之はその男が病院の外に出ていくのを待った。

葬儀屋なら、病院で死んだ患者のことにも詳しいかもしれない。

やがて男が他の医者にも頭を下げて、建物の外に出ていく。裕之は跡を追いかけた。すぐに声をかけては、また誰に見られるとも限らない。

「すみません」

男が門の外に出たところで声をかけた。

足を止めて振り返った男は、訝しげな様子で、裕之を見た。

「葬儀屋さんなんですよね？」

「葬儀のことで何か？」

男は裕之のパジャマ姿に、入院患者だと思ったようだ。揉《も》み手《て》をせんばかりに問いかけてくる。

「そうじゃなくて、この病院のことでお聞きしたいことがあるんです」

裕之の言葉に、男は急に表情を変える。

「何か知りませんが、病院は大事なお得意様ですから。おかしなことは言えませんよ」

「黙ってればわかりません。それに、俺が葬式を出すときは、絶対にお宅にしますから」

「そんな先のことを言われても」

「家族や親戚《しんせき》、それに会社の人間にも、勧めておきます。それではどうですか？」

裕之の申し出に、男はかなり心を揺さぶられたようだ。

「ちょっとこっちへ」

裕之の腕を取って、病院から見えない場所まで連れていく。

「この病院、それほどお客さんを回してくれるわけじゃないんですよね」

男はにっこりと笑って、裕之に名刺を差し出した。

中田《なかた》葬儀社、薮野《やぶの》と記《しる》されている。

「でも、黙っててくださいよ」

薮野は元々、あまり口の堅い男ではないようだ。しかも、相当の話し好きに見える。

裕之はパジャマの胸ポケットに名刺をしまい、早速本題に入った。

「三ヵ月前の亡くなった患者さんのことなんですけど」

「三ヵ月前……」

男は考える素振りをしてみせる。

「八月ですね」

「ええ、第一週か第二週です」

今日子の言葉を思い出し、答える。

「うちに葬儀の依頼は来てませんね」

「身寄りのない患者さんだったそうですから」

「それでも、電話はあってもおかしくないはずなんですよ」

薮野はどこか納得いかなそうだった。

「葬儀はしなくても？」

「しなくてもです。懇意《こんい》にしている先生から、事情は説明してもらえるんですよ。他に回したわけじゃないからって」

病院には裕之の知らない裏事情が、いろいろあるらしい。

「それもなかった？」

「ですね」

噂は本当だという確証のようなものを感じる。

「何を調べてるんです？」

興味津々と言った様子で、薮野が尋ねてくる。

事情を知りたがる薮野を、必ず葬儀は任せるとなんとか黙らせ、裕之は院内に戻った。

「おや、外出ですか」

玄関を入ってすぐ、陣内に出くわした。条件反射で体が竦むも、いつもいつも負けるわけにはいかない。

「外出しちゃいけないなんて言われてませんから」

「忘れていました。以降は禁止します」

「どうして？」

問いかける裕之に、陣内は声を潜め、

「君は余計な動きをするでしょう？」

裕之は辺りを気にした。今はまだ裕之は検査入院だと疑われていないが、陣内の言葉一つで、裕之の取材は妨害される。

「病室に戻りましょうか。検査の時間です」

陣内は医者の顔で言った。

裕之は人目を気にして、素直に頷く。

病室に戻るまで、どちらも口を開かなかった。部屋に入り、二人きりになってから、

「どれだけ慌てていたか知りませんが、パジャマのままというのはどうなんでしょう」

陣内はからかうように言った。

「あ、お金」

パジャマと言われて、陣内に立て替えてもらったものだと思い出した。

「かまいませんよ。私が勝手にしたことです」

「どうして、櫻井さんに頼んだんですか？」

「特別、彼女に頼んだというわけではありません」

やはり裕之の予想どおり、陣内はナースステーションに言付《ことづ》けただけだった。

「それが何か？」

「彼女と何かあるのかと思って」

「特別な関係はありませんが、君が気になっているのは、彼女のことですか？　それとも私？」

「何言ってるんですか」

思わせぶりな言葉に、裕之は顔を赤らめる。

「それでは検査を始めましょう。ベッドに上がってください」

何の検査だとは言わずに、陣内は裕之に命じる。だが、過去のことを考え、裕之は素直に言うことは聞けなかった。

「君も少しは学習するようですね」

動かない裕之に、陣内が笑いを含んだ声で言った。

「やっぱり、検査なんて嘘なんですね」

「そう言ったほうが、君にとって都合がいいかと思ったんですが」

陣内の言葉の意味がわからない。

「傷ができていないか、腫《は》れたりしていないか、確かめないといけません。でも、そう言うと、君が恥ずかしい思いをするでしょう？」

どこの場所を言っているのか、すぐにわかった。裕之を辱めることなど、なんとも思っていないくせに、陣内はわざとそんなふうに言う。

「先生の手を煩《わずら》わせなくても大丈夫です」

「自分で確かめたんですか？」

「いや、それは」

もちろん、確かめたりしていない。裕之が口ごもると、

「そのままではよく見えないでしょう？　鏡を使って？　それとも指で触って確かめましたか？」

「そんなことできるわけ……」

「そう、できませんよね」

裕之は口を滑らせたことに気づいたが、もう遅かった。

陣内に肩を押され、ベッドに座らされる。

「早くベッドに上がってください。それとも、また縛られたいですか？」

陣内の脅しに、裕之は唇を噛み締め、ベッドに上がった。

「四つん這いになって、パジャマと下着を下ろしてください」

四つん這いになるまではできた。だが、陣内の前に臀部を晒すことには抵抗がある。

「仕方のない人だ」

陣内の手によって、パジャマと下着が一気に膝までずらされた。

剝き出しになった双丘に外気を感じて、裕之は体を震わせる。

陣内が双丘に手を添え、左右に広げた。

「やめてください」

裕之は震える声で抗議する。

「診察ですから、おとなしくするように」

陣内は裕之の言葉の抵抗を、診察という言葉で封じ込めた。

「少し腫れていますね」

さらに信じられない場所の感想を口にする。裕之はそこに痛いくらいの陣内の視線を感じた。

「薬を塗っておきましょう」

陣内は昨日、自分が残していった塗り薬を手に取った。

すぐに入り口の辺りを滑った指の感触が襲う。

　これは治療だと自分に言い聞かせ、裕之は声が漏れるのを必死で堪えた。

　時間がやけに長く感じられる。塗り回す指の動きは執拗で、裕之は次第に手で体を支えることが難しくなってきた。

「あぅっ……」

　何かが後孔を押し入ってくる。指の感触ではなかった。それよりももっと堅い、丸みを帯びたものだ。それは奥深くまで強引に収められた。

「な、何を……」

「君をおとなしくさせる、おまじないのようなものですよ」

　陣内は平然と答え、裕之の下着とパジャマを元通りに直した。

　体の中に異物が入れられたことは間違いない。それがなんなのか、陣内は裕之に教えるつもりはないようだ。

「おとなしくしていたら、夜には取ってあげますからね」

「それまで、このまま……？」

「健康に害をもたらすものではありませんから、安心してください」

　そんな言葉で安心などできるはずもない。

「できるのであれば、自分で取ってもかまいませんよ」

　どんなに陣内が笑顔を交じえて言っても、裕之には脅しにしか聞こえない。

「それでは、私はもう行かないと」

「ま、待ってください」

「残念ながら、これから手術なんです」

裕之に引き留める隙を与えず、陣内は病室を出ていった。

追いかけようと体を起こすと、中のものが動き、裕之はベッドにうずくまった。

感触だけだが、何か紐《ひも》のようなものが出ているのがわかる。おそらく、それを引っ張れば抜くことができるのだろう。だが、肝心の中にあるものが何かわからない。自分で取っていいと言われても、そんな場所に手を伸ばすことも怖くてできない。

裕之はかろうじて、ベッドに座ることだけはできた。

そのとき、ドアがノックされた。陣内が戻ってきてくれたのかと思ったが、ドアが開き、顔を覗かせたのは如月だった。

「どうしたんですか?」

裕之は驚いて挨拶もせずに問いかけた。

編集長に電話を入れたのはほんの数時間前のことだ。

「編集部にいたんですか? 朝に起きてることもあるんですね」

「会社に顔出さないからって、いつも寝てるわけじゃねえんだよ」

ベッドの側の椅子に如月が座る。それから、如月は個室を見回した。

「まさか、お前が入院までやらかすとは思わなかった。見直したよ」

如月に褒められても素直に喜べない。

「本当にどこか悪いのか？　なんか顔色よくねえな」

体の中の異物が、裕之の顔色を青くさせていたが、そんなことは如月には言えなかった。

「ちょっと寝不足なだけです」

「寝不足ねえ」

如月が探るような視線を向けてくる。如月は敏腕記者だ。裕之の嘘などすぐに見破られてしまいそうで、下手な言い訳ができない。

「それにしても、お前の安月給でよく個室なんかにしたな」

「それが、あの……」

「ここしか空いてないってことはねえよな。下の六人部屋、ちゃんと空きあったぞ」

如月は抜け目ない。詰め所で裕之の部屋が個室だと聞いた後、他の部屋の空き具合まで確認してきたようだ。

「正直に言ってみろ」

如月が裕之の顔を覗き込む。嘘など吐かせないといった鋭い瞳だ。

だが、陣内とのことは、いくら如月でも言うわけにはいかない。

「病院にとって、相当、発言力を持つ人物が、お前の味方についたってことか」

答えない裕之に、如月が顔色を見ながら探るように言った。

味方……。

陣内は果たして、裕之の味方なのだろうか。最初こそ、裕之を妨害するようなことを言ったが、それ以降は、手段には納得できないものの、裕之が病院に留まる理由を作ったりして、まるで裕之の取材を助けているかのように感じることもある。だが、味方だと言い切るには、陣内には不自然なことが多すぎた。

陣内は必要以上に執拗に、裕之の性癖を暴こうともする。なぜ、そんなことをするのか。裕之にはまったくわからなかった。ただの嫌がらせにしては度を越している。だが、嫌がらせでないのなら、他にどんな理由があって、陣内は裕之にセクハラのようなことをしてくるのだろうか。それがあまりに不思議で、怒りの感情がついてこないほどだ。理不尽《りふじん》な行為の数々に、もっと怒っていいはずなのに怒れない。そんな自分の感情も不思議だった。

「で、どこまで進んでんだ？」

如月は裕之の心情になど興味はないとばかりに、進行状況を問い質す。

「まだ確証のないことばかりです」

裕之はそう言って、わかっていることを如月に話した。

「三ヵ月前の夜中に、患者が一人亡くなったっていう話を聞きました。ただ、正確な日付がまだわかっていません」

それを探ろうと動き出したのに、あっさりと陣内に動きを封じられ、病室から出ることができないでいた。悔しさと情けなさを思い出す。

「退院した患者からの情報か？」

如月に尋ねられ、裕之は頷く。

「出入りの葬儀屋は、そういった情報はもらってないと言ってました」

「葬儀屋？」

如月の疑問に、裕之は今日あったことを伝える。そして、いつもは葬儀を出さなくても、患者が亡くなったときは、それだけでも知らせてくれていると、葬儀屋が言っていたことも付け加えた。

如月は何かを考えるような、真剣な表情になる。

「他には？」

「一人、気になる看護師がいるんです」

裕之は櫻井のことも付け加えた。

「お前が記者だって知ってて、師長には釘を刺されているのに、接近してきた看護師か。確かに、匂うな」

「やっぱり」

如月の同意を得られたことに、裕之は嬉しくなる。

「その看護師のこと、俺が調べておいてやるよ」

「でも、忙しいんじゃ……」

医療過誤のネタを自分で取材しないのは、他で手一杯だからと、如月は言っていた。

「たいした時間はかかりゃしねえよ。お前と違ってな」

それは事実だとしても、かなり耳が痛い。今のこの医療過誤ネタも、如月が調べていたら、もう既に何か一つでも確証を摑んでいるのではないだろうか。

「なんて顔してんだ」

如月が笑う。

「しょぼくれてたって、何も事実は摑めねえぞ」

「わかってます」

「これから、どうするつもりだ？」

「その患者の亡くなった日付を調べます」

「どうやって？」

そこまでは考えていなかった。他の入院患者に話を聞こうと、入院病棟にまでは行ったが、どう切り出すかまでは頭になかった。三ヵ月前にもいた患者となると、長期入院だ。その患者に死んだ患者のことを聞くのはためらわれる。

「それもついでに調べておいてやる」

如月は用は済んだとばかりに立ち上がった。

「そんな、何から何まで如月さんに調べてもらったら、俺が取材したことにはなりません」

「馬鹿だな、ホントにお前は」

如月が呆れたように言った。

「俺がその二つを調べたからって、それで医療過誤が実証できんのか？」

裕之は首を横に振る。

「だろ？　俺はパズルのピースをたった二つ、お前にやるだけだ。残りは八つあるだけかもしれないし、九百九十八も残ってるかもしれない」

如月の言葉に裕之はハッとする。

目先のことに囚《とら》われすぎていた。如月の言うとおりだ。その二つがわかっても事件解決にはならない。

「残りを探すのは、お前の仕事だ。俺の言ってること、わかるな？」

「はい」

裕之は力強く頷いた。

滅多にもらえない如月のアドバイスだ。一人前の記者になるためにどうすればいいか、それは如月だけでなく、他の先輩もそうだが、言葉で教えてくれることはほとんどない。見て盗め。編集長ですら、それしか言わなかった。

「夜にでも電話する。ここなら携帯もいけるんだろ？」

個室であること、裕之が携帯をテーブルの上に置いていることから、如月はそう言った。

如月は僅か十分足らずで、病室を出ていった。

裕之は、自分が今できることを考える。

一つだけ、まだしていないことがあった。昨日、葬儀屋と話していた医者が誰なのか、調べていなかった。

葬儀屋の話では、懇意にしている先生から情報をもらうということだった。それは昨日の医者のことだろう。患者の担当でなくても、宿直でなくても、患者が死亡したことはわかるはずだ。それなのに、知らせなかった。だとしたら、あの医者も何か知っているに違いない。

じっとしていても何も見つからない。

裕之はベッドを降りた。

その瞬間、体の中の異物感を思い知らされ、顔を顰《しか》める。恐ろしいことに、如月と話しているうちに、陣内に押し込められた物体のことを忘れていた。いつの間にか、異物は体に馴染み、動きさえしなければ、不快に思うこともなかった。

だが、裕之は歩き出す。異物の存在を感じながら、ゆっくりと病室を出た。

せっかく如月にも少し認めてもらえたところだ。しかも、如月は裕之を心配して、忙しいなか、わざわざ訪ねてきてくれた。そんな如月の思いを無駄にしたくなかった。

葬儀屋が会っていた医者は、陣内と同じ外科の医者だとわかっているのだから、調べるのも難しいことではないはずだ。

裕之は検査入院で、どこが悪いと言われているわけではなかった。歩き回っても、誰に咎められることもないだろう。しかも、陣内は手術中で、裕之の邪魔はできない。

階段を下りたところで、

「えっと、田中さんだったかな」

呼びかけられて振り向くと、立っていたのは葬儀屋と一緒にいた医者だった。思いがけず、向こうからやってきた。

胸には常磐《ときわ》と名札がついている。歳は陣内とそれほど変わらないだろう。身長は裕之より少し高いくらいで、横幅ががっちりしている。優しい笑顔が印象的な、人の好さそうな顔立ちだった。

常磐とは実際にはこれが初対面のはずだが、なぜか名前を覚えられていた。

「外科に何か用ですか?」

常磐は笑顔で問いかけてくる。

裕之が階段を下りた先は、外科の処置室が並んでいる。トイレは病室の近くにあるし、談話室は二階に、売店は反対の棟にある。つまりは、外科に用がなければ、この階段を下りてくる必要がないというわけだ。

「ちょっと陣内先生に」

裕之は咄嗟に嘘を吐いた。

陣内は手術でここにいないことは知っている。だから、呼ばれることもないはずだ。

「ああ、申し訳ない。陣内先生は今、手術中なんですよ」

常磐は本当に申し訳なさそうな口調で言った。

「あ、それなら、先生は今、ちょっと時間ありますか？」

「少しなら」

裕之は常磐の腕を取って、問答無用とばかりに、廊下にあるドアから中庭に連れ出した。

ちょうど常磐を探そうとしていたところだ。それが、常磐のほうから声をかけてくれ、しかも話に付き合ってくれるという。遠慮や躊躇《ちゅうちょ》をしている場合ではない。

「常磐先生は、陣内先生とは親しいですか？」

中庭に出たものの、病院の陰に隠れた人目に付きにくい場所で、話を切り出す。まずは話に入りやすいところから攻めてみた。

「同じ外科だから、よく話すけど、それが何か？」

「陣内先生って、どんな先生なんですか？」

「どんなって」

「再検査だっていうわりに、詳しい説明もしてくれないし。腕はいいって聞いたけど、正直、不安なんです」

裕之を個室に入院させたことを、陣内は他の医者になんといって説明しているのだろうか。それも気にはなっていた。

「腕は確かだから、任せておいて大丈夫だと思うよ」

「思うって、不安ですね」

「君のことは、ほとんど何も聞かされていないからね」

「陣内先生って、結構、好き勝手できるくらいの権力者なんですか？」

裕之の言葉に常磐は吹き出す。

「陣内先生ほどの優秀な医師に、出ていかれると困るのは確かだけどね」

「でも、他にも外科の先生って、いるでしょう？」

「私を含め、四人いるよ」

「それじゃ、夜勤は四日に一回？」

裕之はさりげなさを装い、核心に迫っていく。三ヵ月前の夜勤が誰だったのか、一番知りたいのはそこだ。

「他の科の医師もいるから、もっと少ないよ。でも、どうしてそんなこと？」

当たり前だが、常磐が不思議そうに問い返す。

「陣内先生がいつもいるイメージがあるから、それで」

「彼は病院が好きなようだから」

手術好きの次は、病院好き。陣内の評判に裕之は呆れながらも、

「病院っていうより、手術好きなんですよね？」

「誰から聞いたの？」

「看護師さんたちが言ってましたよ」

「事実にしても、あまりイメージよくないよね、その言い方」

常盤は困ったように笑う。

「そうですか？」

「なんでもかんでも切られそうな気がしない？」

確かにそうだと裕之も笑う。

話が逸れてきた。肝心の夜勤の話に戻したいが、どう持っていけば自然に聞こえるか、裕之は考える。常盤に不審を抱かれては、これ以上、何も話を聞けなくなる。

「あっと、ごめん、もういいかな」

常盤は腕時計を見ながら言った。

「そろそろ戻らないといけないんだ」

「あ、すみませんでした」

ここは病院。医師を待つ患者はたくさんいる。裕之はこれ以上、常盤を引き留めてはおけなかった。

「陣内先生には、君が捜していたと伝えておくよ」

常盤は最後にそう言い置いて、建物の中に戻っていった。

結局、何も確かなことは聞き出せなかった。何を調べればいいかわかっても、それを調べ出す技術がない。

裕之は建物の外壁にもたれ、ぼんやりと中庭を眺めた。

そのときだった。

体の中に埋め込まれた異物が、突然、震えだした。

裕之は思わずその場にしゃがみ込んだ。

何がどうなったのかわからない。ただわかるのは、その震えが体の震えを呼び起こすことだけだ。

裕之の体の奥にある、裕之を狂わせるスイッチを、異物の振動が刺激する。

幸い、周囲には人影がなく、裕之の異変は誰にも気づかれてはいない。だが、いつまでもこの場でうずくまっているわけにはいかない。

裕之は震える体を自分で抱きしめ、なんとか立ち上がった。

自分で抜けるのなら抜けばいいと陣内は言った。このままの状態が続けば、とても夜まで待つことなどできない。

建物の中に入ると、振動が止まった。だが、熱くなった体は簡単には治まらない。奥に埋められたものが与えた刺激に、中心は猛《たけ》り始めていた。

裕之は前屈みになって歩いた。この状態で階段を使い、四階の個室まで行くのは無理だ。近くのエレベーターまで、人の視線を避けるように俯いて歩き、乗り込んだ。誰も乗ってこなかったのはついていた。

個室のある四階まで辿り着くのが限界だった。

エレベーターを降りると、目の前にトイレがある。裕之はその個室に入った。これであとはどうにかして引き抜くだけだ。裕之がそう安心した途端、また振動が始まった。

「あっ……」

知らず漏れ出た声に、裕之は慌てて手のひらで口を塞ぐ。

振動はさらに裕之に追い打ちをかけた。

立っていることすら辛くなり、蓋《ふた》をしたままの便座の上に座る。

「おとなしくしていないからですよ」

ドアの外から陣内の声が聞こえてきた。

「どうして？　手術は？」

裕之は震える声で答える。

「虫垂炎《ちゅうすいえん》ですからね。一時間もかかりません」

如月と話し、常磐と話している間に、それだけの時間が過ぎていたようだ。

「辛いでしょう？」

裕之の状態を見透かしたように陣内が言った。

「何をしたんですか？」

「スイッチを入れただけですよ」

「スイッチ？」

「君の中に入っているのは、ローターです。リモコンで操作できるんですよ。便利でしょう？」

使ったことはなくても、ローターは知っているし、実物を見たこともある。何しろ、『性の相談室』担当だ。だが、まさか、それが自分に使われるとは思ってもみなかった。

「止めてください」

「止めるだけでいいんですか？」

からかうような言葉がドアの外からかけられる。

裕之と陣内の間には、個室のドアがある。

「くぅっ……」

裕之は低く呻《うめ》いて、前屈みになる。中で蠢くローターの振動が、さらに大きくなり、裕之を苦しめる。

「すごいですね。最強にすると、外にまで音が聞こえてきますよ」

陣内がローターの目盛りを最強にしたようだ。感心したような陣内の口調も、裕之はそれどころではなかった。さっきまでとは比べものにならないくらいの激しさで、中を揺さぶられる。

「やぁ……と、止めて……」

ローターの刺激で、既に前は張りつめている。先走りが下着を濡らし始めたことにも気づいていたが、自分の力では止めることができない。

「まず、下着を下ろしなさい」

ドアの外からの命令に、裕之は言われるまま従った。とにかく、早く、この中で蠢く物体をどうにかしてほしかった。

「紐が見えるでしょう？　君の足の間から」

裕之はおそるおそる、自分の股間に目をやった。いやらしく先を濡らしている自身の奥に、白い紐が見えている。

「それを引けばいいだけです」

「そ……の前に、止め……」

「私の言うことを聞かなかった罰《ばつ》です。そのままで引き抜きなさい」

陣内の命令に、裕之は涙が滲んでくる。

「む……無理……」

「それでは、ずっとそのままでいるんですね」

「や……、待って」

裕之は紐に手を伸ばした。振動は紐の先にまで伝わってくる。

思い切って少し引いてみると、ローターを締め付けている肉壁《にくへき》が震え、手が止まる。

「感じてるんですか？」

揶揄《やゆ》するように陣内に言われた。

ドアが裕之の姿を隠しているはずなのに、陣内にはまるで全てが見えているかのように、的確に裕之の状態を言い当てる。

「まだまだですよ。楽しんでいないで、一気に引き抜いてみなさい」

裕之は荒くなる息を堪え、力を込めて引き抜いた。

「はあっ……」

その刺激で、裕之は前を弾かせた。白濁の液体がトイレのドアを汚す。

「それは記念に君にあげましょう。汚した場所はきちんときれいにしてくるんですよ」

全てを見透かしていた陣内は、すぐにその場から立ち去り始める。足音もやがて遠くなる。

裕之はトイレの中でぐったりとして項垂れた。

また、陣内の言いようにされてしまった。陣内は裕之で遊んでいるかのようだ。目的が何かはわからないが、裕之をいたぶることを楽しんでいるとしか思えない。声音はいつも楽しそうだった。

屈辱を感じつつも、毎回、感じてしまう。陣内には、自分がゲイだと気づかれているのだろうか。ゲイなら誰でもこんなふうになってしまうのだろうか。仕事のことはまだ誰かに相談できる。だが、これは誰にも相談できない。

陣内に翻弄される体をどうすればいいのか、それこそ、『性の相談室』に持ち込みたい気分になった。

裕之が病室で一人、時間を過ごしていると、如月がまたやってきた。今日、二回目だ。面会時間はとっくに過ぎている。

「どうやって入ってきたんですか?」

「病院の入り口なんて、普通に開いてるもんなんだよ。患者だって、閉じ込められてるわけじゃないんだ」

如月の言葉に、裕之はどきっとする。閉じ込められているわけでもないのに、陣内に言われるまま、病室でおとなしくしている。それはなぜなのか。

「あの、如月さん」

疑問を思わず尋ねようとした。

「なんだ?」

如月が顔を覗き込むように見つめてくる。

何を相談するつもりだったのか。裕之は自分に驚く。どうして病院を出ていけないのかを尋ねることは、陣内にされたことまで話すことになる。

「あ、いえ、何かわかったんですか?」

「昼に言ってたことだけどな」

如月は時間を無駄にしない。裕之の態度に何か感じたのかもしれないが、それよりも、訪ねてきた目的を優先した。

「櫻井看護師のことだ」

如月に櫻井のことを伝えてから、まだ数時間しか経っていない。それなのに、如月はもう何かを摑んできたようだ。

裕之は如月の取材能力に脱帽《だつぼう》しながら、息を呑んで続きを待った。

「常磐って医者がいるだろ？」

「ええ、外科に」

「その医者の愛人だ」

「常磐先生の？」

裕之は驚きを隠せなかった。

「その医者に何かあるのか？」

「例の葬儀屋と話していた医者です」

「かなり匂ってきたじゃねえか」

如月は楽しそうに言った。自分が追いかけている事件でなくても、記者の血が騒ぐようだ。

「あとはお前の頑張り次第だけどな」

如月は自分のことではないと、はっきりと裕之を突き放す。

「わざわざありがとうございました」

電話でもよかったのにという思いはあったが、口にはしなかった。如月の好意に水を注《さ》すように思えた。

如月が病室を出ていく。

裕之は立ち上がり、窓際に近づいた。この部屋の窓からは、病院の正門が見下ろせる。如月がどこか別の入り口から忍び込んだのなら、見えないかもしれないが、他にすることもない。裕之はなんとなく、如月を見送りがてら、夜の景色を眺めていた。

やがて如月の姿が見えた。夜の病院、人影はほとんどない。如月はまっすぐ門に向かって歩いていく。如月は裕之が見ていることには気づかないようだ。

如月に長身の人影が近づいていく。

この距離でもその影の主は誰かすぐにわかった。陣内だ。

声は聞こえないが、陣内が呼びかけたのか、如月が足を止め、振り返った。二人は人目を気にするように門の外に出て、そこで話し始めた。

声だけでなく、表情もわからない。だが二人の距離の近さが、初対面だとは思わせなかった。

如月は裕之に対しては厳しいが、基本的には人当たりがよく、常に人好きのする笑顔で、人と接している。取材ではそれが有効なのだといつか話してくれた。今ももしかしたら、取材の一つなのかもしれない。だが、声をかけたのは陣内のほうだった。

時間にして、五分と経っていないだろう。

如月は陣内に手を振って、去っていった。陣内はさすがに手を振り返すまではしなかったが、小さく手を上げて応えている。

二人がもし、知り合いだったとしたら、医療過誤の噂を如月に持ち込んだのは、陣内だと考えてもおかしくない。そう考えれば、裕之の取材に協力するような、陣内の不自然な態度も納得がいく。だが、それでは説明がつかないこともある。陣内はなぜ最初にそう言わなかったのか。それに、もし医者という協力者がいるなら、裕之に取材などさせなくても、如月ならすぐに確証を摑めたのではないか。

裕之の頭の中を、まとまらない思考がぐるぐる回っていた。

何をどう考えれば、正しい答えが導き出せるのか。裕之にはその方法がわからない。

裕之はベッドに横になった。

混乱した頭では、まともな取材や調査などできるはずもない。

どれくらいぼんやりとしていたのだろう。

「珍しくおとなしくしてたんですね」

いつの間にか陣内が部屋に入ってきていた。考えに耽っていて気付かなかった。

陣内はベッドの脇に立ち、裕之を見下ろしている。

「別に先生に言われたからってわけじゃありません」

「おや、機嫌が悪いようですね」

何がおかしいのか、陣内が口元を緩める。

昼間に裕之にしたことなど、忘れているかのようだ。

裕之はベッドから降り、陣内の前に立った。横になったままはどうも居心地《いごこち》が悪い。

「何の用ですか」

裕之はいつにもまして険しい声で言った。

「私は君の主治医ですから、様子を見に来て不思議はないと思いますが」

「俺の入院は建前じゃないんですか」

「君のほうからそんなことを言い出してはいけませんね。せっかく私が協力してあげているのに」

さっきまでそこにいた如月の顔が浮かんだ。

何も知らない振りをしている陣内に腹が立つ。

「如月さんと知り合いだったんですね」

怒りで声が震える。

「如月?」

陣内は考えるような素振りをしてみせた。

「とぼけないでください。さっき、門のところで話しているのを見たんですから」

「ああ。君の会社の人ですか」

陣内の態度はいたって普通で、おかしなところは何もないように思える。

「時間外にやってきたので、注意をしたら、君のところに来たのだと言うから、大目に見たんですよ」

言い訳としては筋が通っていた。だが、それを素直に信じることはできなかった。

「嘘だ」

「嘘？　どうして私が君にそんなことで嘘を吐く必要があるんです？」

「それは俺に何か隠してるから」

怒りのまま、裕之は思いをぶつけた。

陣内が何を知っているのか、何のために裕之にこんなことをし続けるのか、その理由が知りたかった。

「そうですね。君に話していないことはいくつもありますが、君に話さなければならない義務は、私にはありませんよ」

陣内はまったく動じた様子もなく、平然と答える。いつものことなのに、それが余計に腹が立つ。

「如月さんのことも、そのうちの一つってわけですか」

「やけに、彼に拘《こだわ》りますね」

陣内は探るような視線を裕之に向ける。

「何が言いたいんですか」

「確かに彼はきれいな顔をしています」

如月の外見など、今更、陣内に言われるまでもない。

「彼も体を使って、私から情報を引き出したとでも？」

裕之はカッと頭に血が昇る。

「先輩を侮辱するな」

振り上げた手は、陣内の顔に当たる前に、陣内の手に収められた。

「人前に立つ仕事ですから、顔に傷ができるのは困るんですよ」

「そんなこと、俺に関係ない」

そう言って振り上げた反対の手も、陣内に摑まれた。

「君は自分のことなら何を言われても平気なのに、先輩のことだと怒るんですね」

平気だったわけじゃない。ショックが大きすぎて、反論する言葉が見つからなかっただけだ。

「一つだけ、答えてあげますよ」

陣内はそう言って、摑んでいた左手を解放すると、裕之の背中に手を回し、ぐっと引き寄せた。

体は密着し、陣内の顔がすぐ目の前にある。そう思ったときには、もう唇を塞がれていた。

初めて触れる陣内の唇は、見た目よりも柔らかかった。舌先で唇を開くように促され、裕之は誘われるまま口を開く。潜り込んできた舌は、裕之の舌を搦め捕る。

深く蕩《とろ》かすキスだった。唇が離されたときには、裕之の顔はすっかり上気していた。

「キスの見返りに一つだけ、答えますよ。何が知りたいですか」

如月との関係は知りたい。けれど、聞くのが怖かった。それに、その関係を知ったところで、事件の真相には近づけない。

「三ヵ月前、入院患者の容体が急変して亡くなった、その正確な日付を教えてください」

如月が小さく笑った。

「いいでしょう。八月五日の午前二時です」

「宿直医は？」

「一つだけだと言ったでしょう？」

「先生じゃないんですか？」

重ねて尋ねる裕之に、陣内は笑顔を返す。

「さあ、これ以上はまた別の見返りをもらわないと」

どうすると、誘うように陣内が言った。

裕之は陣内を突き飛ばし、腕の中から抜け出す。

「そんな真似をしなくたって、自力で調べてみせます」

裕之が啖呵を切ると、陣内が面白そうに笑い出す。

「それでは、健闘を祈ります」

他人事《ひとごと》のように言って、陣内が病室を出ていった。

一体、陣内はここに何をしに来たのだろうか。結果として、陣内がしたことは、裕之にキスをして、

情報を教えただけだ。まさかそのために来たのか。裕之はますます陣内がわからなくなった。

◇　◇　◇

翌日は朝から検査だった。

何もせずに入院だけさせておくのはおかしいと思ったのか、人間ドックではしなかったような高度な検査まで受けさせられた。検査費用のことを考えると気が遠くなるが、それは今は気にしないことにした。

昼食で一度、検査から解放され、個室に戻った裕之は、如月に電話をした。患者が亡くなった日付がわかったことを伝えておく必要があったからだ。

『よく調べられたな』

電話に出た如月は、感心したように言った。

『どうやったんだ？』

「それは秘密です」

答えられないのはもちろんだが、それ以上に言いたくなかった。如月と陣内が知り合いだったという可能性は、まだ、捨て切れていない。

裕之は昨日の夜の光景を思い出していた。

「如月さん、陣内先生と知り合いだったんですね」

疑問ではなく断定で言ってみた。如月の反応を見るためだ。

『陣内って、お前の担当医だろ？　知り合いも何も、昨日、初めて会ったぞ』

そう言って、如月は陣内が答えたのと同じ説明をした。

「隠さないでください。どう見ても知り合いのようでした」

もちろん会話も聞いていないし、表情も見えなかった。

『お前ね、俺に鎌《かま》をかけるなんざ、十万年早いっての。たった五分やそこら話してただけで、知り合いだったって？』

如月の答えは淀《よど》みない。だが、陣内から事前に電話で知らされていたなら、口裏を合わせることは可能だ。同僚を疑わなければならないことが嫌だった。

『そりゃ、少しは話すだろ。お前がいつ退院できるのかくらいは聞いたさ』

言葉で如月に勝てるはずもない。裕之の追及など、如月は何の苦もなくかわす。

『とにかく、そこまでわかったんなら、妙なこと考える前に、とっとと調べをつけて、記事にして帰ってこい』

如月は最後に発破《はっぱ》を掛けて、電話を切った。

調べをつけて、早く帰りたいのは言われるまでもない。だが、午後からはまた検査が続く。

陣内は裕之に何をさせたいのだろう。

病院に留まることは許したのに、動き回ることは制限する。敵なのか、味方なのか、わからない。

結局、夕方まで検査は続いた。裕之は日中に調べることは既に諦めていた。時間的なこともそうだが、人目がありすぎる。

裕之がしたいのは、八月五日の宿直医が誰かを調べることだ。聞いたところで、誰も答えてくれないだろう。

裕之は夜が更《ふ》けるのを待った。

午後十時過ぎになって、裕之は静かに病室を抜け出した。この時間なら医局には夜勤の医師しかいないはずだ。それが一人だけなら、トイレにでも行けば、部屋は無人になる。その隙に勤務表を覗き見るつもりだった。

夜間は照明が落とされ、薄暗い中を、裕之は階段を使って、階下に下りていく。まだ眠っていない患者も多いはずだが、消灯《しょうとう》を過ぎれば、外にはあまり出てこない。誰にも会わずに一階まで辿り着くことができた。

医局前の廊下にも人の姿はなかった。

裕之は外科医局の部屋の前に立った。薄く開いたドアからは、うっすらと明かりが漏れている。

裕之は隙間から中を窺った。

十畳《じょう》ほどの広さの部屋に、真ん中に机が四つ、二つずつ向かい合わせに並んで置かれている。壁にはロッカーとキャビネットがあった。この部屋のどこかに勤務表があるはずだ。

人の姿はどこにもなかった。

裕之は辺りを見回し、人影のないことを確認して、中に入った。すぐ前の壁には、宿直日程が書かれたホワイトボードがかけられている。常磐が言ったように、四人以上の名前がランダムに並んでいるように見えた。何か法則はあるのだろうが、裕之にはわからない。これでは、日付を遡って割り出すこともできない。

裕之は机の上に目をやった。

裕之の目に『八月』という文字が飛び込んできた。

ドアに近い机に置かれたファイルから、紙がはみ出していて、その端に八月と書かれていた。裕之はそのファイルに手を伸ばした。

勤務表と書かれている。

裕之は興奮で震える手を押さえ、日付を辿った。

八月五日、夜勤は陣内になっている。

信じられなかった。陣内が医療過誤をしたのなら、日付を正直に裕之に伝えるはずがない。それに黙っていた常磐はどうなるのか。

裕之は複雑な思いで、病室に戻った。

静かにドアをノックする音がした。もう夜中の十二時近い。陣内だろうか。

裕之はベッドから抜け出て、ドアを開けた。立っていたのは常磐だった。

「常磐先生、どうしたんですか？」

常磐は辺りを気にして、裕之を押しのけるように急いで病室に入ってくる。

「昼間だと人の目が気になって」

常磐と昨日の昼に話したときには、世間話程度の話しかしなかった。しかも、慌ただしく話を切り上げられた。それは人目を気にしていたせいだった。

「君は雑誌の記者なんだよね？」

「どうしてそれを？」

「申し訳ないが、君の保険証を見させてもらった。やたらと陣内先生のことを聞きたがるから、不審に思ったんだ」

裕之は常磐の目的がわからなかった。裕之が常磐に少しの疑惑《ぎわく》を抱いていることを、常磐自身は知らないはずだ。

「君の力を借してほしい。君が調べているのは、医療過誤のことだろう？」

常磐のほうから、ずばり核心を突いてきた。

「それはたぶん、三ヵ月前のことだと思う」

「先生は何を知ってるんですか？」

「病院の名誉に関わることだから、今まで口を噤《つぐ》んでいたが、記者の君が知っているくらいに広まっているなら、正直に話すべきだと思ったんだ」

「それは俺が記事にしてもいいってことですか？」

常磐は真剣な顔で頷く。

「話してください」

「陣内先生が投薬《とうやく》指示を間違えて、患者さんを死なせてしまったんだよ。これが証拠のカルテだ」

常磐が裕之にカルテを差し出す。裕之はそれを受け取り目を通した。ドイツ語の専門用語の羅列《られつ》で、裕之には内容までわからないが、陣内の署名があり、ボールペンで書いた文字を強引に書き換えている箇所があるのがわかった。改ざんの跡だ。

「これをお借りすることはできますか？」

「え、それはちょっと」

常磐は目に見えて狼狽《ろうばい》した。

「記事にするにも証拠は必要です」

記者でなくてもわかりそうな当然のことに、常磐は気付いていなかったようだ。

「持ち出したことがわかれば、私も責められる」

「それじゃ、せめてコピーを」

裕之は食い下がった。駄目だと言われて引き下がっていたのでは、記事など書けない。

「わかった。じゃ、コピーを取って、明日また持ってくるから」

この時間だ。院内にもちろん、コピー機はあるが、それを使っていることを知られたくないということなのだろう。どうやら、常磐は夜勤でもないようだ。

「先生はいつから、このことを知ってたんですか？」

「実は、その直後に看護師から相談されて」

「その看護師の名前は？」

「彼女にも迷惑がかかることだから」

重ねて尋ねても、常磐は名前を言わなかった。

「これだけでは、医療過誤を告発《こくはつ》する材料にはならないのかな？」

「記事にするには、まだ証拠が足りませんが、ご協力には感謝します」

裕之の言葉に、常磐はホッとしたように息を吐いた。

常磐が病室を出ていった後、裕之は静かにベッドを降りた。

いくら、記者としては半人前の裕之でも、今の常磐の話を丸ごと信じてしまうほど、お人好しではない。

裕之が記者だとわかった途端、常磐は口を開いた。裕之がどんな記者なのかも知らずにだ。おかしいと思った。

ドアの側に立ち、常磐の足音に耳を澄ます。エレベーターを使わず、階段を下りているようだ。

裕之も静かにドアを開け、病室を後にした。

音を立てないため、スリッパは履《は》かなかった。靴下だけでは冷たい廊下の上を、さらに静かに歩く。常磐のシューズが微かに立てる足音を頼りに、裕之は跡を尾けた。

階段を下りた先で、常磐の足音が止《や》んだ。そこが目的地なのかとも思ったが、その後にドアの開く音も聞こえない。裕之は階段の踊り場まで足を進め、さらに耳を澄ました。

自動販売機の動く音がした。おそらく常磐だろう。

裕之の今いる場所から、窓ガラスに映る常磐の姿が見えた。裕之のほうは薄暗闇で、自動販売機の前は明るい。裕之から常磐の姿は見えても、常磐からは裕之は見えないだろう。

裕之の見つめるなか、常磐は奇妙な動きをした。自動販売機の中から紙コップを取り出し、すぐに動き出すかと思ったが、反対の手をポケットに入れ、何かを取り出した。

裕之の位置からはそれが何なのかわからなかったが、紙コップの上にかざす仕草が見えた。まるで中に何か入れたかのようだった。

それからまた、常磐は歩き始めた。紙コップには口をつけていない。

常磐の歩いていく先には、外科の医局がある。たぶん、このまま医局に行くのだろう。それなら何もおかしなことはないのだが、さっきの仕草が気にかかる。

裕之は音を立てずに急いでその跡を追った。

「お疲れ様です」

常磐が誰かに声をかけているのが、ドアの外にも聞こえてきた。

ドアはきっちりと閉められていたが、引き戸のこのドアは、静かに開ければ音を立てないことを、さっき実際に使って知っていた。裕之はドアを薄めに開け、その隙間から中を窺う。

常磐が声をかけたのは、陣内だった。

「どうされたんですか？　こんな時間に」

陣内が常磐に答えている。

「ちょっと気になる患者がいたので、様子を見に」

「それはご苦労様です」

さっき告発したいと言ったことなど、感じさせない親しさで、常磐は陣内と話している。

「これ、どうぞ」

常磐が紙コップを差し出した。

「コーヒーばかりじゃ、飽きるでしょう。ミルクティーです」

医局室にはコーヒーメーカーが置かれていて、医師は自由に飲めるように、常にコーヒーができている。

「初めてですね。常磐先生にこんなことをしていただくの」

陣内が紙コップを受け取る。

「そうでしたか？」

「ええ、記憶力はいいもので」

陣内がコップを口に運ぼうとした。

常磐が自動販売機で買ったのはこのミルクティーだ。さっきの奇妙な仕草を裕之は思い出す。嫌な予感がした。

常磐は陣内の医療過誤を告発したいと言ったばかりなのに、その陣内に差し入れをするのはおかしい。しかも、陣内の言葉を借りれば、初めてだということになる。

もしかしたら、ミルクティーの中に何か入れたのでは…。

裕之は思わず二人の前に飛び出した。

「おや、田中さん」

陣内は手を止めて、穏やかな口調で呼びかける。常磐が驚いた顔で裕之を見ている。

裕之の視線は、陣内の紙コップに注がれている。陣内がそれに気付いた。

「どうやら、これに何かあるようですね」

陣内はそう言うと、

「せっかく頂《いただ》いたのに申し訳ないのですが、常磐先生、これを飲んでいただけますか？」

常磐に紙コップを突き出した。

常磐は突き出された紙コップを真っ青な顔で叩き落とす。

「微量でも成分分析はできますよ。この床に落ちた分で充分です」

陣内の言葉に、常磐は床に崩れ落ちた。

「医療過誤を犯したのは、あなたですね。そして、それを隠蔽したのも」

陣内が諭《さと》すように言った。裕之は驚いて、陣内の顔を見つめる。

「知ってたんですね」

常磐は呆然として陣内を見上げる。

「あなたが当直の日に起こった出来事です」

「その日は、本当は私の当直じゃなかった。だから前日、車で遠出をして、疲労が溜まってた」

裕之に話したのとは、まるで違う筋書きが、常磐の口から語られる。

「新田《にった》先生が急なご不幸で休まれた日でした」

「夜中に呼び出されて、体の疲れは取れていないし、頭も完全に醒《さ》めてはいなかった。それで、投薬ミスをしてしまった」

そんなことは言い訳にはならない。裕之はそう言いたかったが、下手に口を挟めば、常磐が口を閉ざしてしまう恐れがあると、陣内に任せて黙っていた。

「先生一人ではなかったはずですが」

「ああ、櫻井くんが一緒にいたよ」

櫻井は常磐の愛人だ。それは如月の調べでわかっている。

「彼女は私と付き合っているから、口を噤んでくれた。君が記者だと教えてくれたのも、櫻井くんだ」

それで、常磐は裕之を利用しようとしたのだと打ち明けた。記者の裕之が医療過誤を調べている。どうやら陣内を疑っているらしい。それなら陣内に罪を被せ、罪の露見《ろけん》を恐れて自殺したことにしようとしたのだ。

「当直は陣内先生だったんじゃ」

さっき見た勤務表はなんだったのか、裕之はそれを尋ねた。

「君が忍び込むことを見越して、わざと置いてあったんでしょう。違いますか？」

陣内が常磐に確認を取ると、今更隠しても仕方がないと思ったのか、常磐は素直に頷いた。

「君が夜勤のことを聞いたから、まずいと思った。だから、急がないといけないと思って」

「それで焦って、こんな真似をしたというわけですか」

常磐は床の上でがっくりと項垂れている。

「私はまだ夜勤が残っています。この後、どうなさるかは、ご自分で決めてください」

「それでいいんですか？」

陣内の素っ気ない言葉に、裕之のほうが焦った。だが、陣内はまったくいつもと変わらない口調で、

「辞表は早めに出されたほうがいいとは思いますが。櫻井さんも」

そう常磐を促した。

常磐が項垂れたまま、呆然とした様子で医局を出ていった。

「君のおかげで助かりました」

陣内が裕之に向かって言った。

「俺は別に、あの医者が怪しいと思ったから止めただけです」

「いえ、そのことではなく、君のおかげで、予定よりも早く真相がわかりました」

「どういうことですか？」

陣内の言葉が引っかかる。まるで陣内は、最初から計画を立てていたかのように聞こえた。

「私は前院長に頼まれて、医療過誤の件を調べていたんですよ」

「今、何て？」

「聞こえませんでしたか？」

裕之は耳にした言葉が信じられなかっただけだ。だが、陣内はそうは思わなかったようだ。

「前院長とは長い付き合いなんですよ。私は、前院長の引き抜きで、この病院に来たんです」

「それで、なんで先生に調べるようになんて……」

「長い付き合いだと言ったでしょう？　彼は私の性格を非常によくご存じでした。大学病院ほどではありませんが、これほど大きな病院となると、それなりに権力争いが生じます」

裕之にもそれは理解できた。

「私は人付き合いがありませんから、適任だと思ったのでしょう」

あまりにも簡単に言われて、裕之は言葉の意味を理解するのが遅れた。

「ちょっと待ってください」

「なんでしょう？」

話を遮られても、陣内は不快な顔はしなかった。むしろ、楽しそうに見える。

「人付き合いがないって言ったけど、看護師さんたちとは気さくに話してたじゃないですか」

「会話をするのと、付き合いをするのは別だと思いますが」

「それはそうかもしれないけど」

陣内の態度が冷静すぎて、うっかり納得させられそうになるが、やはりどこか他人とは考え方が違う気がする。しかも本人はそれに気付いていないらしい。

「話を戻しますと、派閥《はばつ》や人とのしがらみのない、私なら、調査をするのに適任だと思われたようです」

「そういうの、面倒くさがりそうですよね」

裕之は皮肉を込めて言ったつもりだった。

「ええ、そうです」

陣内はあっさりとそれを認めて、

「だから、一度はお断りしたんですが、前院長から、大変魅力的な条件を提示されまして」

「条件？」

「前院長は、K大学病院にツテがあるんですよ。そこで、今度、日本での成功例が数件しかない手術をすることになり、それに参加させてくれると言われました」

「手術に釣られたって？」

陣内の思考回路がまったく理解できない。これでは、ただの手術マニアだ。

「引き受けたはいいが、正直、面倒だと思いました。それで、君の先輩に話を持ちかけたんです」

「やっぱり如月さんと知り合いだったんですね」

「といっても、顔見知り程度ですが、彼が優秀な記者であることは知っていました」

今度は陣内も正直に認めた。いつか如月が言った携帯電話一台には入りきらない、膨大《ぼうだい》なメモリの中に、陣内の名前も入っていたということだ。

「知らないって言ったのは？」

「彼からそう言うように頼まれましたので」

陣内は悪びれずに答える。最初から二人は口裏を合わせていた。

騙されていたことがショックだった。如月に騙されたことはまだ許せる。如月が取材のためなら手段を選ばない人間だと知っているし、それに、少なくとも如月はチャンスをくれた恩人でもある。だが、陣内は違う。裕之は陣内には心も体も全て晒け出していた。強引に暴いたのは陣内のほうだ。それなのに陣内は何もかもを隠している。それが悔しかった。

「彼は他の事件で手一杯だから、後輩の記者に任せると言いました」

裕之がショックを受けていることになど気付かず、陣内は話を続ける。

道理でネタ元は絶対にばらさない如月が、あっさりと裕之にネタを譲ったわけだ。

「どう見ても、君は頼りなさそうで、これではかえって邪魔になると思いました。何しろ、潜入取材をしようとしている人が、出版社の名前の入った、本物の保険証を持ってくるんですから」

陣内は呆れたように言った。

それは裕之自身、失敗だったと思っていたことだった。だが、他人に、しかも記者でもない人間に指摘されたことで情けなさが倍増する。

「ですが、常磐医師を焦《あせ》らすためには、君に動いてもらったほうが早いと思ったんです」

陣内にとって、裕之は手駒《てごま》の一つでしかなかった。それを陣内本人の口から聞かされ、初めて、裕之は陣内に対して本気の怒りを覚えた。今までは何をされても、自分自身の気持ちがわからない戸惑いから、怒りを向けることができなかった。

「俺を利用したってことですよね」

裕之は声を震わせて確認するように言った。

「ええ、そのとおりです」

よくできましたとばかりに、陣内が笑顔で頷く。

「君も事実を知ることができてよかったでしょう」

それどころか、恩を着せるようなことまで言ってくる。その無神経さが、ますます裕之を苛立たせた。

「俺の動きを制限したのは？」

裕之は険のある声で、それでも今まで聞けなかったことを問いただす。

「必要以上に動かれては困るからです。君はいてくれるだけでよかったんです。優秀な記者でないことがばれては、彼らも焦ってボロを出すことはなかったでしょうから」

陣内には、裕之を傷つけている自覚はないようだ。だが、言葉の一つ一つが、裕之の心に針を刺していく。

「言うことはそれだけですか？」

思わず、裕之は声を荒らげた。淡々と話す陣内が許せなかった。

だが、陣内は驚いたような顔で、

「もしかして、怒っていますか？」

とぼけたことを問いかけてくる。

「当たり前です」

陣内はわからないとばかりに首を傾げる。

「いいように利用されて、二人に踊らされて、それでも笑ってろって言うんですか？」

「結果として、君は記事になるネタを見つけた。それでも何か問題があるんですか？」

陣内は理解できないといった表情だ。本気で裕之が怒っている理由がわからないように見える。

裕之はようやく気付いた。

この手術マニアの医者には、人間的感情が欠落している。だから、自分の勤める病院で医療過誤が起こったにもかかわらず、そのことには拘らず、ただ難しい手術に参加できるからと、同僚を探る真似も平気でできる。

「病院の不祥事を記事にしてもいいんですか?」

「どうぞ、ご自由に」

陣内はあっさりと答える。

「元々、如月さんにはそう言っていました。聞いていませんでしたか?」

「聞くも何も、二人が知り合いだってことも、俺は聞かされていなかったんですから」

「ああ、そうでしたね」

陣内の態度は、とても重大なことを決断しているようには思えない。

「病院の名前に傷がつきますよ?」

裕之はさらに確認した。

事実を明らかにすることは大事だ。だが、そのために犠牲になることも多い。体力のない病院なら、この事実だけで経営破綻《はたん》しかねない。

「そんなことを考えるなら、最初から医療過誤を明らかにしてほしいなどと、私に依頼しないでしょう」

陣内の言うことはもっともだが、裕之には気にかかることがあった。

「でも、依頼したのは前院長じゃないですか」

つまりは現院長ではない。前院長にどれだけの権限があるのかは知らないが、今の病院を左右する決断を、現院長抜きで勝手にしていいものなのだろうか。

「現院長は前院長のご子息《しそく》で、非常に出来の悪い方で、ただのお飾りのようなものです。実権はご夫人が握っています」

「じゃあ、そのご夫人が嫌がるでしょう」

「非常に潔癖《けっぺき》な方で、前院長とは気が合っているようですから、大丈夫でしょう」

顔見知りらしい陣内が言うのだから、間違いはないのかもしれないが、それでもまだ不安は残る。

「もし、この記事がきっかけで、病院が潰れるようなことになったら？」

裕之が一番心配しているのはそのことだ。この病院には常磐や櫻井だけではない、他にも医師や看護師がたくさんいる。裕之が出会った看護師たちはみな親切で、いい看護師だった。その彼女たちの行き場所をなくすようなことは、できることなら避けたかった。

「そうはならないと思いますよ。実際、医療過誤が明らかになっても、通常どおり、診療を続けている病院がほとんどです。病院は患者にとってはなくては困るものですから」

言われてみればそうだ。今まで通っていた病院が急に閉鎖《へいさ》になれば、困るのは患者だ。

「もっとも、私の場合は他の病院に移るだけですが」

まともなことを言ったかと思えば、すぐにこれだ。裕之はもう怒る気力をなくした。何を言っても、陣内には通じない気がする。

「記事を書いてもいいんですね」

裕之は最後の確認をした。

「どうぞ、思う存分、書いてください」

陣内はそう言ってから、

「それでは、一日だけ、外出許可を出しましょう」

「一日だけ？」

裕之はこれでもう退院できるとばかり思っていた。裕之にはこれ以上、病院に留まる理由がないはずだった。

「まだ検査結果は出ていません」

確かに入院させられてから、いくつか検査はした。だが、それは形だけのものだと思っていた。

「一日で記事を書いて戻ってこいと？」

「そうです。それに、急いで書かないと、彼が警察に自首でもしたら、記事が古くなりますよ」

陣内の言うとおりだ。急げば、来週発売の号に滑り込める。ここで陣内と退院について言い争うより、一秒でも早く記事を書きたい。

初めて、雑誌に載る記事が書けるかもしれない。焦る気持ちから、とりあえずここは頷いておこうと思った。外に出さえすれば、陣内の目も届かない。

「わかりました。明日の夜までには戻ってきます」

「約束ですよ」

陣内が笑って念を押す。その笑顔に嫌な予感がする。

「もう約束を忘れるようなことはないかと思いますが」

一瞬で、陣内にされた数々のことが甦った。

「も、もちろんです」

さっきとは違い、本音の言葉だった。

「素直なのはいいことです」

陣内は笑った。

陣内には、裕之がどうすればどんな態度を取るのか、どう答えるのか、何もかも見透かされている気がする。

「ご褒美にこれをお貸ししましょう」

陣内が机の上から一枚の紙を取り上げ、裕之に差し出した。

「本物のカルテのコピーです。これがあれば、彼が投薬ミスをしたことがわかります」

数時間前に常磐から見せられたものと似ているが、素人《しろうと》の裕之が見てもわかる違いは、担当医師の署名欄《しょめいらん》に、常磐の名前がローマ字で記されていることだ。改ざんの跡は、さっきと同じ場所にある。常磐は同じカルテで、署名欄も改ざんしていたらしかった。

証拠がなければ記事にできない。それは裕之がほんの一時間前に常磐に言ったことだ。陣内はそれを見越したように、裕之に証拠を与えてくれた。

「先生が何を考えてるのか、俺にはまったくわかりません」

「そうですか？　私ほどわかりやすい人間はいないと思いますよ」

陣内はにっこりと笑う。

「これはお詫びの意味があるとか？」

「どうして私がお詫びなど？」

だったら、これを裕之に渡す意味はなんなのか。わからなくても、裕之は記事を書かなければならない。

「ありがたく頂きます」

裕之は陣内に頭を下げた。そして、急いで医局を出て、病室に戻る。さすがにパジャマのままでは、編集部には行けない。しかも今は靴下しか履《は》いていない。

病室で急いで着替え、裕之はすぐに出ていく。

裕之は病院の前でタクシーを摑まえ、編集部に急いだ。さらにタクシーの中から編集長に電話をかけ、医療問題に詳しい専門家を呼んでもらうよう頼んだ。

あとは編集部に戻って、記事を書き上げるだけだ。

この証拠のカルテを元に。

結局、陣内には振り回されっぱなしだった。行動も感情も、陣内に掻き回された。

人間らしい感情が欠如しているとは思う。だが、それなら、なぜ、裕之にあんなことをしたのか。それも何度もだ。仮に、最初の一回は、役に立たないと思った裕之を追い返すためだったとしても、その後の行為は説明がつかない。

考えてみれば、この病院にいた間、裕之の頭の中にあったのは、記事のことと陣内のことだけだ。陣内のことはわからない。でも、陣内への自分の想いはもっとわからない。

陣内に騙されたことには腹が立つのに、陣内にされたことには怒っていない。

裕之は頭を振った。

今は答えの出ないことに時間を取られている場合ではない。裕之には何をおいてもしなければならないことがある。

タクシーは見慣れたビルの前に停まった。裕之はタクシーを降り、編集部への階段を駆け上がった。

◇ ◇ ◇

裕之の書いた記事は、無事に誌面を飾ることができたが、残念ながら、トップ記事にはならなかった。同じ号に、如月が取ってきた、警察署長の買春疑惑が掲載されたからだ。トップはまた如月だった。どうやら、如月はこの事件を追っていたから、忙しかったようだ。

それでも、裕之は満足だった。初めて署名入りの記事を書くことができた。

裕之は発売されたばかりの雑誌を、病室で読んでいた。裕之が大急ぎで記事を書き上げたあの日から、四日過ぎている。裕之はまだ退院を許可されていなかった。

朝から病院は大騒ぎだ。既に問題の医師と看護師が辞職しているとはいえ、病院内で起こった出来事には、病院が正式に回答しなければならない。記者会見は今日の午後、行われるという。

その騒動の数々を、裕之は病室まで雑誌を届けに来た、バイク便の青年から聞かされた。昨日の夜には雑誌は編集部にも届いていたが、誰も裕之の病室に届けてくれるような時間のある記者はいなかった。今日の朝になって、外部のライターや、作家に送るついでに、裕之にも送られてきて、それでようやく裕之は自分の目で確かめることができた。

裕之が目にするより早く、駅の売店では既に売られていて、おまけに新聞広告や電車の中吊り広告にも最新号の内容は紹介されていた。

署名入り記事というのは、こういうとき逃げられない。『トピックス』を発行している会社に勤める田中裕之は他にはいない。この記事を書いたのは裕之以外にあり得ないと、病院中の人間が知っている。

朝の検温に来た看護師は、欠片も笑顔を見せなかった。食事の配膳《はいぜん》に来たおばさんは、目も合わせてはくれなかった。覚悟はしていたとはいえ、そんないたたまれなさから、裕之はトイレ以外に病室から外には出られないでいた。

裕之の病室のドアがノックされた。裕之が応えると、ドアを開けて入ってきたのは、いつかの葬儀屋の薮野だった。

「田中さんも人が悪い」

そう言いながらも薮野は笑っている。

「記者さんだなんて思わないから、つい余計なことまで喋って、ここに出入りできなくなるところでしたよ」

「してるじゃないですか」

裕之が笑って指摘すると、

「常盤先生の代わりに、これからは陣内先生がご連絡をくれるということで手を打ちました」

思いがけず出た陣内の名前に、鼓動が跳ねる。

「どういうことなんですか？」

「さっき、医局で田中さんにしてやられたって話をしたら、じゃあ、常盤さんの代わりをしましょうと言われたんですよ。お知り合いなんですね」

何とも答えようがなく、曖昧《あいまい》な返事で逃げると、

「今まではどれだけ顔を出しても、まったく反応がなかったのに、急にそんなことを言っていただいたんで、驚きましたけど」

陣内なら平気で面倒だと断りそうだ。しかも、相手に悪いとかそんなことを欠片も思わず、率直な言葉でそれを告げていただろう。

「それで、これはお約束の分です」

薮野は黒い鞄の中から、葬儀のパンフレットを取り出した。

「病院で見るものじゃないですよ」

他の病室で広げようものなら、露骨に顔を顰められるに違いない、葬祭会場の写真の載ったパンフレットが、ベッドの上に並べられる。

「検査入院じゃ、いつ退院するかわかりませんからね。それに私としたことが、お名前も聞いてなかった。慌てて飛んできたんですよ。パンフレットはたくさん、持ってきましたから、お約束どおり、ちゃんと配っておいてくださいね」

薮野の商魂《しょうこん》たくましいところは見習わなければならない。裕之は感心しつつ、ふと似た誰かを思い出した。職種は違えど、仕事に対する貪欲《どんよく》さは如月に通じるものがある。

「薮野さん、もし万一ですけど」

「なんでしょう?」

「夜中に身内に何かあったりしたら、この会社の番号だと誰も出ませんよね」

「いえ、うちは一応、二十四時間態勢で……」

そこまで言って薮野は言葉を止めた。

「そうですね。私としたことが携帯の番号をお教えするのを忘れていました」

薮野はパンフレットの空白部分に胸ポケットに挿《さ》していたペンで、十一桁の数字を書き込んだ。

「何かありましたら、すぐにご連絡ください」

最後まで商売を忘れず、薮野は笑顔で帰っていった。

すっかり見透かされていた気がする。薮野と如月の共通点を見つけたとき、自分も同じ共通点を持ちたいと思った。そのためにまず第一歩として、如月のように知人の数を増やそうと考えた。すぐにはあれだけの携帯メモリは集まらないだろう。それでも、今回の取材で四人の名前を増やすことができた。陣内、佐橋夫婦と薮野だ。今までなら話を聞いてそれで終わりにしていた。記者としてどうあるべきなのか、どうすればいいのか、目で見て盗んでいたつもりで、結局、何も見ていなかった。そのことに気づけただけでも、今回の取材をしてよかった。明日に繋げることができる。

そんなことを考えていたから、薮野と入れ替わるように、如月がノックもせずに病室のドアを開けたのには驚かされた。

「なんて顔してんだよ」

如月は裕之が勧めるまでもなく、勝手にベッドの側の椅子に座る。

「如月さんのことを考えてたから」

「いい男だって?」

「すばらしい記者だって、です」

「気付くのおせーだろ」

如月は容赦なく裕之の頭を叩いた。

「俺、一応、入院してるんですけど」

「ああ、そうだった。で、ロングバケーションはどんな感じだ？」

「どんな感じも何も、早く帰りたいですよ」

人間ドックから合わせると、入院生活ももう二週間近くになる。

「退院、いつだって？」

如月が尋ねる。

「そんなの、俺が知りたいです」

陣内に会ったら聞こうと思っていても、陣内はあれ以来、顔を出さない。

「いくら、スクープ取ったって、フリーで走り回れる契約《けいやく》社員ってわけじゃないんだ。会社に来ないとクビになるぞ」

それは誰よりも裕之自身が一番気にしていたことだ。編集長からはまだ何も言われていないのが、余計に恐ろしい。

「如月さんから、言ってくださいよ」

二人は知り合いだったはずだと、裕之は思い出して言った。裕之が何を言っても、陣内は聞いてはくれない。

「誰に？」

如月はとぼけた顔で問い返す。

「顔見知りなんでしょう？」

「今じゃ、俺よりお前のほうが親しいじゃねえか」

「どうして、俺には何も言ってくれなかったんですか？」

互いに陣内の名前は出さなかったが、ようやく裕之は如月を責めることができた。事件発覚以来、如月と話すのは、今日が初めてだった。

「お前を試したんだよ」

「試す？」

「記者として、お前は本当にやっていけんのかってな」

それは裕之自身がぶち当たっていた壁だった。

「如月さんがそんな心配してくれてるとは思いませんでした」

「嫌みか？」

「そんなつもりじゃないですけど」

「確かに、俺は自分のことしか考えてねえけどな」

そう言って、如月は屈託なく笑う。

「まあ、あれだ、俺を脅《おびや》かす記者になられても困んだけど、あんまり役に立たないのも困んだよ」

裕之は意味がわからず首を傾げる。

「お前にはわかんないだろうが、毎回、スクープ取るってのも、結構、キツイんだよ」

「好きで取ってきてるんでしょう？」

「あのな、他に取ってくる奴がいたら、毎回毎回、しんどい思いしねえっての。それに、もっと深く掘り下げたいってネタもあんだよ」

如月の言いたいことがわかった。他にトップに持ってくるネタがないなら、取材途中でも記事にしなければならなくなる。如月には何かあると常に期待されているからだ。

「だから、お前が使いもんにならないなら、早いうちに見切りをつけて、新しいのを入れろって話をしてたんだよ、編集長に」

まさか自分の知らないところで、クビを切られる相談がなされていたとは、夢にも思わなかった。

「いきなりクビ切りはかわいそうだって言うんで、編集長から出た妥協案《だきょうあん》が、ネタをもらったお前が、どんな取材をして、どんな記事を書いてくるかってことだったんだ」

如月がネタをくれた理由がやっとわかった。その中でも、自分の足を使って摑んだネタではなく、陣内が持ち込んだネタにした辺りは、やはり如月らしい。

「結果はどうだったんですか？」

「一応、合格」

あまり喜べない答えに、裕之は苦笑いする。署名入り記事を書けたことは嬉しかったが、如月と陣内がいなければ書けなかったことは、裕之自身認めている。そう考えれば、一応でも合格点をもらえただけでもよかった。

「だから、不合格にならないためにも、早く帰ってこいよ」

如月はそんな言葉を残して帰っていった。

それは如月なりの励ましに聞こえた。記者は署名入り記事を書いて、ようやく一人前。少なくとも如月はそれを認めてくれた。

記者としてやっていく自信が湧いてくる。それなのに、裕之はまだ病室にいる。それがひどく理不尽に思えて、如月に褒められて上機嫌だった気持ちが一気に不機嫌へと変わっていく。

裕之はベッドから抜け出て、窓際に近づく。また窓から如月を見送るつもりだった。

「具合はどうですか？」

後ろから声をかけられる。事件発覚後、初めて病室を訪れた陣内だ。また入れ違いの来客で、廊下で順番待ちでもしているのかと思ってしまう。

「悪いのは機嫌だけですよ」

「おや」

陣内がとぼけた顔になる。こんな表情をするときは、その理由がわかっているときだ。たった二週間弱の付き合いでも、それくらいは陣内のことをわかるようになった。

「いい加減に退院させてください」

裕之は不機嫌さを隠さず、険しい声で言った。

「君がいないと、私が面白くないんですよ」

「先生を面白がらせるために、俺は入院してないと駄目なんですか？」

「そうです」

「ふざけないでください」

裕之は声を荒らげた。そして、窓の近くに置かれた、ロッカーを勢いよく開けた。

「何してるんです？」

「帰るんですよ。これ以上、こんなところにいられません。俺にも仕事があるんです」

「駄目です」

背後から抱き締められ、動きを封じられる。

「離してください」

陣内の突然の行動に、裕之は焦って逃れようと身を捩った。まだ窓の下に如月の姿は見えていない。いつ如月が建物から出てきて、万一、裕之の病室を見上げることがあるかもしれない。

「ああ、如月さんがこの下を通るんですね」

窓の下を見る裕之の視線に陣内が気付いた。

「わかってるんなら」

離してくれという裕之の言葉は、緩まらない陣内の手によって封じられる。

「どうせなら、彼に見てもらいましょう。そうすれば、こういう事情で帰れないってことがわかってもらえるんじゃないですか」

冗談なのか本気なのか、裕之に呑めるはずのない提案を、陣内は口にする。

「お願いします」

いつ如月が通るのか、裕之は気が気ではなかった。

「帰るのは取り止めますか？」

悔しいが、今は言うことを聞くしかない。陣内さえ、この部屋から出ていけば、いつでもチャンスはある。

裕之は黙って頷いた。

「いいでしょう」

陣内の手が緩んだ。裕之はホッとする。

「立ち話もなんですから、座りましょう」

何をしに来たのかはわからないが、陣内はすぐに帰るつもりはないようだ。

裕之がベッドに腰掛けると、その隣に陣内も座った。膝が触れ合うほど近くに座られて、裕之の鼓動は意志とは関係なくスピードを上げる。何しろ、陣内といるときは、いつも何かを仕掛けられている。条件反射でそれを思い出しても不思議はなかった。

「こんなとこでのんびりしてていいんですか？」

内心の動揺を隠すように、裕之はわざと素っ気なく言った。

「昨日、夜勤だったので、今日はもう終わりです」

その割にはまだ白衣を着ている。帰る準備もせずにここに来たようだ。

「風当たり、強くなったでしょう？」

座ろうと言ったのに、陣内は何も話を切り出してこようとしない。裕之のほうから話題を探した。

事件を露見させ、さらには記者である裕之を手引きしたのは陣内だと、病院中に知れ渡っている。裕之でさえ、看護師たちから向けられる険しい視線にいたたまれず、ほとんど病室から出られないのに、同僚である陣内なら、裕之の比ではないはずだ。それに、裕之はいずれは病院を出ていく身で、この針のむしろから逃げ出せる。

「さあ、どうですか。私は周りを気にしませんから」

陣内らしい答えで話は終わる。

「それより、他に聞きたいことがあるんじゃないですか？」

陣内の言葉に、裕之は息を呑む。まさか陣内から、今更こんなことを言われるとは思わなかった。陣内にとって、裕之はただの暇つぶしでしかない。陣内自身がそんなことを言い出したはずだ。その暇つぶし相手に、何を今更説明しようとしているのだろうか。

「どうして」

反抗する心とは裏腹に、裕之の口は言葉を紡ぐ。

「どうして、俺にあんなことしたんですか？」

ずっと聞きたかったことだ。けれど、聞くのが怖くて聞けなかった。あの行為の全てがただの暇つぶしだったと言われてしまえば、如月と知り合いだったことを隠されていたことよりも、確実に裕之を傷つける。

「最初は、どうやって、君をおとなしくさせようか考えたんですよ」

「邪魔だったから？」

「そうです」

陣内はまったく否定しない。

「検査のときは無防備ですからね。不安も大きい。医者の言うことを鵜呑《うの》みにしやすいんです」

裕之は自分のときを振り返る。確かにそうだった。何もわからないから、医者の言うことは間違いないと、陣内を頭から信じ込んでいた。

「最初だけにするつもりでした。あとはそのことをネタに脅せばいい。そう思っていました。嫌でしょう？　直腸検査で興奮したなんて言われたら」

「そりゃ……」

「だから専門でもないのに、君の検査を買って出たんです」

言われてみれば確かにそうだ。陣内の専門は外科だ。わざわざ内科の検査に外科の医師が出てくるのはおかしいとは思いつかなかった。

「でも、あのときの君の反応があまりに面白かったから、つい二度も手を出してしまいました」

少なくとも、ただの暇つぶしではなかったようだが、それでも喜べる答えではない。

「あれを『つい』で済ますつもりですか」

「いけませんか？」

陣内の思考回路は、やはり裕之の想像を超えていた。

「先生には付き合ってられません」

「それは困ります」

陣内は真剣な目で裕之を見つめた。

「私は今まで、手術以外で面白いと思うものはありませんでした。その私に、面白いと思わせたんですよ、君は」

陣内の声にからかっているような響きはない。裕之は口を挟めなかった。

「私が君に興味を持っても不思議ではないでしょう？　だから、君を私の側に置いておこうと思ったんです」

「それじゃ、目に付くところに置いて見張るっていうのは」

「もちろん、口実です」

陣内は平然と答えた。

「俺は、先生のおもちゃになんかなりたくない」

「私はおもちゃを面白いと思ったことなど、一度もありませんが」

陣内のその台詞が、裕之の記憶のどこかを掠めた。同じ声で同じ台詞を、裕之はどこかで聞いたことがある。

「今と同じ言葉をどこかで言ったこと、ありませんか？」

「ありますよ」

一秒たりとも考えることなく、陣内は答える。

「何年前だったか、電話で知育玩具のセールスを受けたことがありましてね。そのとき、私はそう答えて、断りました」

陣内の完璧な記憶力を感心するよりも、その事実に裕之は驚いて言葉をなくす。

裕之に自分がゲイではないかと疑惑を抱かせた、あのときの声の持ち主は陣内だった。裕之にゲイである可能性を気付かせたのも陣内なら、ゲイであると確信させたのも陣内だ。

電話とナマで聞くのとでは少し感じが違って聞こえた。だから、気付けなかった。

裕之は逃れようのない運命のようなものを感じて、笑い出す。

「どうかしましたか？」

「その電話かけたの、俺です」

陣内相手に隠すことすら馬鹿らしいと、裕之は正直に答えた。

「おや、君もずいぶんと記憶力がいいんですね」

数年前のことだ。セールスの電話の内容など普通なら覚えていない。裕之もその電話以外はほとんど記憶にはなかった。

「そうじゃなくて、先生の声が」

「私の声がなんです？」

わざとなのか、陣内が耳に口を寄せてくる。裕之はそそけだつ震えに肩を竦めた。

「声が記憶に残ってたんです」

「声？　君は声フェチですか？」

「だから、そうじゃなくて」

裕之は首を横に振る。

生まれてから今日まで、受けた電話は数え切れない。だが、どんな電話にも、陣内の電話のときのように体が熱くなることはなかった。そして、ナマで聞いても、陣内の声だけが、裕之を狂わせた。

「それじゃ、私の声だから？」

息を吹きかけるように耳元で囁かれ、今度は全身にまで震えが拡がった。

「もしかして、一目惚れならぬ、一耳惚れですか？」

「誰もそんなことっ……」

耳朶を甘く噛まれて声が途切れた。

「認めてしまったほうが楽ですよ」

認めろと言いながら、陣内は裕之が口を開くのを邪魔する。耳の中にまで入ってきた陣内の舌が、裕之の熱を引き出した。

「ふぅ……んっ」

甘い吐息しか出てこなかった。陣内のせいで、聴覚だけでなく、耳自体も裕之の性感帯へと変えられた。

右耳は陣内の舌に犯され、左耳には陣内の指が差し込まれる。それはまるで陣内の声以外を聞くなとでもいうかのようだった。

「君はどうして病院を出ていかなかったんですか？」

睦言《むつごと》のような囁きが耳の中に入ってくる。

「出ていこうと思えば、いつだって出ていけた。君を監禁《かんきん》するほどの力は私にはありませんでしたよ？　実際、病室には鍵などかけていませんでしたし、君もそれはわかっていたはずです」

陣内の言うとおりだ。裕之さえその気になれば、いつでも出ていくことはできたのに、そうしなかった。心のどこかで陣内との関わりをなくすことを恐れていたからだ。病院にいることだけが、二人を結ぶ接点だった。だから、裕之はそれをなくしたくなくて、出ていけなかった。

裕之は今日まで、気付きたくなくて、気付かない振りをしていた。陣内はいつから気付いていたのだろう。

裕之がそんな想いを込めた視線を向けると、陣内は優しい笑顔を浮かべて応える。

「君に一つ、秘密を教えてあげましょう」

「秘密？」

意味深な言葉の響きに、何か重大なことを打ち明けられる気がして、裕之は少し緊張した面持ちで、陣内を見つめた。

「どうやら、私には人間的な感情が、若干《じゃっかん》、欠如しているようです」

「言われなくても知ってますよ」

期待した分、拍子《ひょうし》抜けして、裕之は小さく笑う。

「おや、そうでしたか」

陣内は意外そうに言った。裕之の気持ちには気付いたくせに、自分の常識外れなところには気付けないのがおかしくて、裕之は今度ははっきりと笑った。

陣内がそんな裕之の笑顔をじっと見つめている。

「君は、少々大げさなほど、感情が豊かだ」

「そんなことないです」

裕之は笑顔を引っ込めてから否定した。

陣内の前ではほとんど怒ってばかりいたような気がする。そうでないときは、喘がされ泣かされていた。笑顔を見せたのは、今が初めてかもしれない。

「二人で足して割れば、ちょうどいいと思いませんか？」

「無茶言わないでください」

「そうですか？」

陣内は耳元で囁き、手が裕之の腰に触れた。

「体は足し合ってると思いますが」

「それしかないんですか」

「君もそうじゃないんですか？」

裕之は真っ赤になって俯いた。

陣内の手が前に回り、パジャマの上から中心を軽く撫でる。薄い生地では昂りは隠しようがなかった。さっきから耳を声で攻められ、それだけで裕之は感じ始めていた。

「そういえば、こっちはまだ触ったことがありませんでしたね」

パジャマの上着の裾から陣内の手が潜り込んでくる。裕之はアンダーシャツを着けていなかった。素肌の上を陣内の手がさ迷い、その手は胸に辿り着いた。

「ここ」

陣内はそう言って、突起を指で掠めた。

他人に触れられたことなどないのに、それを感じてしまう自分に裕之は戸惑う。

「感じるでしょう？」

裕之の変化などお見通しだとばかりに、今度は指の腹で擦られた。

「ちょ……あ……」

陣内の手の動きを止めようとして、今度は背中から回り込んできた指に、裕之の動きのほうが封じられた。

一つは直接、もう一つはパジャマの上から撫でられる。

不思議だった。男の胸の飾りなど、ただの目印程度にしか思っていなかった。それなのに、ただ軽く触れられただけで、むず痒《がゆ》いような感覚に襲われる。

「君は感度がいいから、ここだけでもイクことができるようになるんじゃないですか」

「馬鹿にしないでください」

抗議の言葉にも力が入らない。本当にそんな体になってしまったら、という不安は、目先の快感に呑み込まれる。

「褒めてるんですよ」

直接触れられていた突起が、指先で摘まれた。

「くぅん……」

ジンとした痺れを呼び起こし、裕之の口から甘い息が漏れた。

胸への刺激だけで、体はどんどん熱くなり、中心は完全に勃ち上がる。薄いパジャマの生地を、さっきよりも遥《はる》かに高く押し上げているのは、誰の目から見ても明らかだった。

「ほら」

裕之の痴態《ちたい》を陣内が楽しそうに笑って見ている。それに気付いても、自分の体の変化を止めることは、裕之にはもうできなかった。

「指だけじゃ物足りないでしょう？」

「何言って……」

裕之は潤んだ瞳で、陣内を見上げた。

「舐めてほしくありませんか？」

麻薬のような言葉が裕之を誘う。

指だけでも裕之はここまで感じさせられた。指だけでなく、陣内は舌までもが器用なことは、たった一度だけ与えられたキスで知っている。その舌で嬲られれば、自分はどうなってしまうのか。想像だけでも、裕之は昂ってくる。

だが、欲しいなどと口にできるはずもない。赤くなり俯くしかできない裕之を、陣内はさらにその声で誘う。

「舐めてほしいなら、自分でボタンを外しなさい」

陣内の声で命令されると、心よりも先に体が従ってしまう。

裕之はためらいながら、震える指でボタンを上から順番に一つずつ外していく。その間も、陣内は胸を弄ぶ手を止めない。だから、余計に指が震える。

「焦らしてるんですか？」

なかなか全てを外すことのできない裕之を、陣内がからかうように言った。

「そんなこと……」

ボタンはまだ二つ残っている。だが、充分に前ははだけられた。陣内の指に弄ばれる胸が、裕之の視界にもはっきりと晒される。

体がさらに熱くなった。

男の指に突起を摘まれている光景が、裕之を追いつめる。

「まだ残ってますよ?」

早くボタンを外すよう、陣内に急《せ》かされた。

それでも、手が震え、どうしても上手くボタンが摑めない。

「しょうがない人ですね」

陣内が笑いながら、突起から手を離し、裕之の肩からパジャマを落とした。筒状になっていたパジャマが、裕之の肘にまとわりつき、緩く裕之を拘束する。

陣内がじっと裕之を見つめている。その視線が胸元に絡んでいるのに気付き、裕之は隠そうと体を捩った。

「何をしてるんですか?」

笑いを含んだ声で、肩を摑まれる。

「私に見られるのが恥ずかしい?」

「べ、別に……」

「それとも、昼間だから?」

言われるまで忘れていた。窓からは明るい太陽の光が差し込んでいる。耳を澄ませば、窓の外からは、話し声や車の音が聞こえてくる。

裕之は急に現実に引き戻された。

焦ってパジャマを直そうと上げた手を、陣内に摑まれる。

「すぐに何も考えられないようにしてあげますよ」

そう言うなり、陣内は裕之の胸に顔を伏せた。

「あ……」

舌先が突起に触れる。

濡れた感触が裕之の口から、甘い息を漏れさせる。

「もう固く尖ってきた」

陣内の声が胸元で響く。言葉を発するたびに、動く唇が舌が、尖りを弄ぶ。

「もう……やめ……」

「どうしてです？　こんなに気持ちよさそうなのに」

陣内の手が下に伸び、パジャマの上から裕之の膨らみをさすった。既に完全に力を持った中心は、窮屈《きゅうくつ》そうにパジャマの生地を持ち上げていた。

「そうだ。いつもと違うことをしてあげましょう」

陣内がベッドから降り、裕之の前に屈んだ。初めてのことに、裕之は戸惑う。

「な、……何？」

「口であげますよ」

「や……、それはいいから」

「遠慮なさらずに」

陣内の手が裕之のパジャマにかかった。そして、力を込め、下着ごと膝までずらした。

勃ち上がった中心が光の中に晒け出される。

見ていられず、裕之は思わず目を伏せた。

「いやらしい眺めですね」

陣内の声が裕之をいたぶる。

「ここは濡れて光っているし」

陣内の指が胸の突起に触れた。さっきまで舐められ尖らされた場所だ。

「こっちは今にも溢れそうになっている」

陣内が触れた中心は熱く猛り、解放されることを待ち望んでいる。

「あまり我慢するのも、体に悪いですからね」

陣内が笑って、裕之を口に含んだ。

「ふぁ……っん……」

熱い口中の感触が、裕之を蕩けさせる。

初めての感触だ。他人の口の中がこれほど熱いことを、裕之は初めて知った。

陣内の巧みな舌の動きが裕之を追い上げ、先走りが陣内の口の中に呑み込まれる。

「やっ……もう……」

呆気なかった。

裕之はあっという間に頂点に達し、陣内の口の中に放ってしまう。

「仕方ない人ですね。私はまだなんですよ」

陣内が口の端《はし》を拭う。

あの口の中に出してしまったのだと思うと、恥ずかしさがさらに込み上げてくる。

「すみません」

裕之は俯き、いたたまれずに詫びた。

「謝罪は態度で示してもらいましょう」

「えっ？」

立ち上がった陣内を、裕之が見上げる。

「ベッドに上がりなさい」

その言葉の意味はすぐにわかった。

逃げることはできなかった。本気で嫌ならいくらでも逃げられる。だが、本当は陣内に抱かれて喜んでいることを、裕之は自分の体に教えられた。心よりも先に体が気付いていた。

裕之が立ち上がると、

「その前に、邪魔なものは脱いでおきましょう」

陣内はそう言って、裕之の膝にまとわりついていたパジャマと下着を、足から抜き取った。肘に絡んでいた上は、立ち上がった拍子に、既に床に落ちていた。

裕之は一糸《いっし》まとわぬ姿になって、ベッドに上がる。

「四つん這いになって」

言われるままに従ってしまうのは、この声のせいだ。そうでなければ、こんな恥ずかしい命令に従えるはずがない。

裕之はベッドに膝を突き、体を倒して肘を突いた。陣内に向かって腰を突き出す格好だ。その自分の姿を想像するだけで、裕之の中心はまた熱くなり始める。

「これを置いたままにしていてよかったですね」

ベッドに腰掛けた陣内がそう言って、ベッド脇のテーブルから白い小さなケースを手に取るのが、裕之の目に映った。

陣内がそれを何のために使おうとしているのか、裕之の体は知っている。無意識に体が竦んでしまう。

陣内が微かに笑う気配がした。

「初めてでもないのに、緊張してるんですか？　今、ここがひくつきました」

指でスッと撫でられた。

既に陣内の指に塗られていた傷薬の冷たさに、声が出た。

「ひぁっ……」

「すぐに君が熱くします」

指が押し当てられ、中にめり込んでくる。

「うっ……」

裕之は息を吐いて、堪えた。

裕之の中で蠢く指が右手だとわかったのは、双丘を撫でる手の感触が左手だとわかったからだ。肌触りを確かめるように、左手は肌を撫で回す。

全身の毛がそそけだつような感触だ。

不快ではないが、むず痒いような感触に、裕之の腰が揺れる。

裕之を追いつめず、ただ解すためだけに指は中で蠢く。それがもどかしかった。どこに触れられると感じるのか覚えてしまった体は、そこへの刺激を求める。

「物足りないようですね」

「違っ……」

中をぐいっと掻き回され、声が途切れる。だが、それは求めていた快感ではない。

「でも、まだですよ。今日は時間がたっぷりあります。存分に君を味わわせてください」

陣内の舌が双丘に触れた。

「それ……やっ……」

「舌触りも最高です。君に確かめさせてあげられないのが残念ですよ」

陣内の息がかかる。

陣内は裕之を身悶《みもだ》えさせながら、二本目の指を差し入れた。

キツイとか痛いとか、そんなことは感じなかった。ただその先にあるものを求めて、指を呑み込み咥え込む。

「ここの味も試させてください」

「ひぁっ……」

信じられない場所に濡れた感触を与えられ、上擦った声が出る。

細められた舌が二本の指の間を縫って、中に突き刺さった。

裕之はベッドに突いた両肘の間に顔を埋めた。ますます腰を突き上げてしまうが、腕で体を支えることはできなかった。強烈な快感が全身を震えさせ、今にも崩れ落ちそうになっていた。

「本当に君は感じやすい。まだ前立腺には触っていないのに」

陣内はわざと後孔に息を吹きかけながら言った。その息がかかるたび、ガクガクと膝が震える。

「もう充分すぎるくらいに解れたようです」

陣内は体を起こし、指を裕之の中から引き抜いた。それを引き止めるように締め付けてしまい、陣内に笑われる。

陣内がベッドの脇で、着ていた衣類を脱ぎ始めた。白衣が床に落とされ、その上にシャツやスラックスが重なっていく。裕之の目の端に、陣内の裸体《らたい》が映った。服の上からではわからなかったが、意外にたくましい体をしていた。そして、その中心には体に見合った大きさのものが、形を変え、天を突いている。

裕之は思わず息を呑み、目を逸らせなかった。

陣内がベッドに上がってきた。二人分の体重を支えてベッドが軋む。

「行きますよ」

陣内は裕之の腰を両手で摑んだ。

大きさは指の比ではない。だが、陣内が言ったように、受け入れるに充分なほど、柔らかくなっていた。

「くぅっ……」

衝撃は最初だけだった。あとはゆっくりと押し入ってくる陣内を、裕之はもっと深くと望んで呑み込んでいく。

待ちかねていた大きさだった。

そして、待ちかねていた場所に突き当てられた。

「は……あぁ……」

裕之の吐く甘い息が合図になった。

陣内が激しく腰を使い始めた。引いては突き刺し、何度も奥を突き上げる。擦り上げられる感覚もまた、裕之を狂わせる。

ひっきりなしに漏れる声。

全身に汗が滲む。

裕之の先走りが二人の繋ぎ目を濡らす。

目がかすむほどの快感に、裕之は限界を感じた。

「先……生、……もう……」

「まだイっては駄目ですよ」

根本を陣内に押さえられた。

「やぁ……イカせ……て……」

裕之は夢中で訴えた。自分が何を口走っているのかなど、考える余裕はない。追いつめられた体が、早くイキたいとそれだけを訴える。

「まだですよ」

「ああっ……」

繋がったまま、腰を持ち上げられた。胡坐《あぐら》をかいた陣内の膝の上に、座らされる形になり、より深く呑み込まされる。

「すごい格好ですね」

からかうように言いながら、陣内の声は熱い響きを持っていた。

こうすることで、背後から抱かれるようになり、陣内の口が裕之の耳のすぐ近くになる。陣内の声が、裕之の耳を犯す。

「誰も来ないようには言ってありますが、うっかり看護師が来たら、大騒ぎになるでしょうね」

その言葉に、裕之は思わず中の陣内を締め付けてしまう。

「抜けないように締め付けたりして、誰かに見てほしいんですか？」

「そんなっ……」

否定をしたくても、陣内が口にさせてはくれなかった。両方の胸を指で弄られ、また陣内を締め付けてしまう。

感じると後ろが締まることを、裕之は知らない。知っているのは、裕之の体を知り尽くした陣内だけだ。

「ここもこんなに尖らせて」

固く尖り突きだした飾りは、軽く触れられるだけで、ジンとした痺れを呼び起こす。裕之は首を左右に振って、少しでも快感をやり過ごそうとする。

「君はゲイだけじゃなく、マゾでもあるようですね」

「違う……」

裕之は汗を飛び散らせながら、首を横に振り続ける。

「そうですか？　さっきから私が言葉で責めるたび、余計に感じているようですが」

陣内が下から軽く突き上げた。

「や……あぁ……んっ……」

陣内は裕之が陣内の声に弱いことを知っていながら、わざと耳を犯しながら突き上げる。そうすれば余計に感じることを知っているからだ。

「だか……ら、違……う……」

反論しようにも、そのたびに突き上げられて、声が言葉にならない。

「いいじゃないですか。好きですよ、君のこのいやらしい体」

その言葉と同時に突き上げられた拍子に、裕之は達してしまう。

「は……ぁあ……」

激しすぎる快感から解放された安堵感で、裕之は一瞬だけ意識を飛ばした。だから、自分が中心に触れられることなく達してしまったことに気付く余裕はなかった。

「本当にいやらしい体ですね」

陣内がまた耳元に口を寄せる。

その声に裕之は我に返る。

後ろにはまだ陣内が入ったままで、熱く脈打っているのがわかる。達したのは裕之だけだ。陣内は

まだ一度も放っていない。

「退院したいと言ってましたね？」

二度の放出で脱力した裕之の耳に、陣内がやさしく問いかける。そのやさしい響きには何か裏がある気がして、裕之は恐る恐る顔を陣内に向けた。

「退院の代わりに同居はどうですか？」

「同……居？」

声が途切れるのは、陣内が腰を動かしたからだ。

「私のマンションはここから車で十分程のところにあります。君の通勤にも便利だと思いますが」

陣内はわざと、耳元で囁き続ける。

「やめ……」

声で攻められると、また体が熱くなる。既に二度も達したのに、また中心が力をもたげてきた。ますます冷静な思考ができなくなる。

「何がです？」

陣内が耳朶を甘く噛む。

「退院、したいでしょう？」

「そりゃ……ぁんっ……」

突き上げが始まる。

「それでは、同居でいいですね」

裕之は首を横に振る。

「嫌ですか？」

「当たり……前っ……」

理性などほとんど残っていなくても、本能でそれを拒否する。無理矢理に入院させられ、退院の条件が同居だなどと言われて、納得などできるわけがない。

「わかってると思いますが」

陣内が完全に勃ち上がった裕之の中心を、手で擦り上げた。激しく擦り、しかも、後ろの突き上げは止まない。三度目ともなれば、それまでのようにはすぐにはイケない。先走りが出るまで、陣内はそれを繰り返した。

そして、限界が見え始めたときになって、陣内は手を止めた。

「今度は、君がうんと言うまで、イカせてあげませんよ」

陣内は裕之の根本を握った。

これほど残酷な仕打ちはない。もう後は解放というところまで、無理矢理に体を高めさせられ、それを堰き止められる。解放できない熱が、体の中を駆け巡る。

「同居、しますね？」

止めのように囁かれた。

「わかった……、する……す……るからっ」

だから早くイカせてくれと、切れ切れに訴える。

「降参《こうさん》が早くて助かりました。私も限界だったんです」

陣内は裕之の腰を抱え直し、最後の激しい突き上げを繰り返す。

陣内の手で、限界だった中心が再び擦り上げられる。

「それじゃ、退院を許可しましょう」

陣内の声が耳元で響く。

「ああっ……」

裕之はシーツの上に迸《ほとばし》りを放った。そして、自分の中にいる陣内が、最後に打ち付けた瞬間、中に熱いものを感じた。

裕之は陣内の胸に倒れ込んだ。

陣内が裕之の腰を摑んで持ち上げ、自身を引き抜く。その感触に裕之は体を震わせた。そのままベッドに寝かせられた。

「私としたことが、生で出してしまいました」

「なっ……」

言葉の生々しさに、裕之は陣内から顔を背ける。

「また感じてしまいましたか?」

裕之の態度を、陣内はそう解釈したようだ。

「そんなわけないじゃないですか」

裕之は背中を向けたまま答える。

「どうしてです？　言葉で辱められるのは好きでしょう？」

「違います」

否定しようと体を起こした瞬間だった。裕之は思わず顔を顰めた。

陣内の放ったものが、内股《うちまた》を伝って零れ出す。

「だから言ったのに」

陣内の呆れたような言葉も、裕之の耳には入らない。感触の元に目をやって、言葉をなくす。白く濁った液体は、シーツにまで滴り落ち、染《し》みを作っていた。

「この染みをなんと説明しましょう？」

裕之はハッとして、顔を上げた。陣内が笑顔で裕之を見下ろしている。

陣内の言いたいことはすぐにわかった。ここは病院で、裕之の部屋ではない。このシーツも、洗濯をするのは病院の人間だ。

明らかにただの水ではない染み。裕之は頭の中で、それをどうやって取り繕うかを必死で考えていた。

「私なら、誰にも見つからずに、シーツを取り替えることができますが」

陣内が思わせ振りな視線を寄越す。

病院内を自由に歩くことができ、しかも、今回のことでわかるとおり、行動を制限されることもない。陣内なら、シーツ一枚を交換することくらいたやすいだろう。

「お願いします」

裕之は恥ずかしさから震える声で言った。

「では、退院は明日、引っ越しは明後日でいいですね？」

提案のようでいて、裕之には頷くことしか選択肢はない。

「マンションの解約とか、荷造りは？」

裕之は僅かばかりの抵抗をしてみた。

「明日すぐに解約を申し出ても、実際に解約できるのは一ヵ月後でしょう。時間は充分にあります。荷造りは時間のできたときにするとして、体一つで先に来てください」

そんなことは考えていたとばかりに、陣内が即答する。

そこまで考えられているなら、もう反論のしようもない。それに、陣内に反論することすら、馬鹿らしく思えてきた。

「じゃ、着替えだけ持っていきます」

「いいでしょう」

素直な裕之の態度に、陣内は満足気に笑った。

「シーツはあとで取り替えるにしても、体は拭かないとパジャマは着られませんね」

陣内は個室だからこそ付いている洗面前に行き、タオルを絞って帰ってきた。

「自分でします」

今にも体を拭きだしそうな陣内から、裕之はタオルを奪った。そして、汗と精液にまみれた体を拭っていく。

「恋人同士なんですから、照れる必要はないと思いますが」

陣内の言葉に、裕之の手が止まる。

「今、なんて？　恋人同士？」

「言いましたが、それが何か？」

問い返されたことが不思議だと、陣内はそんな顔をしている。

「何かじゃないですよ。いつ、そんなもんになったんですか」

裕之は声を荒らげた。

いつもこうだ。陣内と話していると、自分のペースを乱される。

「君とはこれで二度、セックスをしました。君は恋人でもない人と、セックスするんですか？」

「普通はしないけど、先生は普通じゃないから」

かなり失礼なことを言っているが、陣内なら気にもしないだろう。

「確かに、私は少し普通ではないかもしれませんが、君は自分のことを普通だと思っているのでしょう？」

　裕之は言葉に詰まる。

「それでは、普通の君がセックスをした相手は、恋人、ということになりませんか？」

　そうでないと答えれば、裕之は普通でないか、遊びでセックスをするということになる。どちらも違うとなれば、陣内の言葉を認めるしかない。

　上手く丸め込まれ、しかも自分の気持ちを答えさせられている。

　裕之が陣内を好きなことは、もう認めるしかない。だから、何をされても受け入れることができた。いつから好きだったのか。自覚はないが、たぶん、電話で聞いたときではなく、直接、声が耳に飛び込んできた、あの瞬間から好きだったのかもしれない。

　裕之の気持ちだけを求められている。陣内は少しも裕之への思いを口にしない。

「先生はどうなんですか」

　思い切って、裕之は尋ねた。陣内のほうから恋人同士という言葉を持ち出したのだ。陣内も裕之を想ってくれているということなのだろうが、はっきりとした言葉で聞きたかった。

「聞いていなかったんですか？　私が熱く君への思いを語っていたのに」

　陣内は心外だと言わんばかりだが、裕之にはまったく覚えがなかった。そんな大事なことなら聞き逃したりはしないはずだ。

「いつ？」

「君を面白いと言ったでしょう？」

それは確かに裕之も聞いた覚えがある。常磐が医療過誤を犯したことが判明したあの日のことだ。だが、面白いという表現は、愛情を示す言葉ではない。

「面白いっていうのと、その」

裕之は口ごもりながらも、

「好きっていうのは違います」

「他人へ興味を持つことは、好きだという感情の表れではないでしょうか」

「ないでしょうか、じゃないですよ。はっきり言われなきゃ、わかりません」

「それは失礼しました」

陣内は真面目な顔になって、裕之を見つめる。陣内の視線は熱かった。その熱さだけでも、既に想いが伝えられている気がして、裕之はたじろぐ。

「君が好きです」

照れることも臆することもなく、陣内は想いを伝えてきた。嘘ではないはずだ。陣内の性格を考えれば、こんなことで嘘を吐くタイプではない。

自分から言葉を求めておきながら、あまりにもストレートな愛の告白に、裕之はすぐには答えることができなかった。

嬉しいけれど、恥ずかしいし、それに今までやきもきさせられた不満もある。

「そういうことは先に言うもんです」

照れ隠しもあって、裕之はそんなふうにしか答えられなかった。

「覚えておきましょう。世間一般的にはそうなんですね」

とぼけているわけでもなく、本当に知らなかったような陣内の態度に、裕之は脱力する。

「しかし、私はてっきり、わかってもらえているものと思っていたんですよ。何しろ、あれだけ激しく求め合ったわけですから」

陣内には照れるとか恥ずかしいとか、そういった感情がないことはわかったが、それでも、裕之のことはもう少し考えてほしい。裕之は陣内ほど図太い神経は持ち合わせてはいない。二人きりで誰に聞かれることはなくても、体の関係を匂わされると恥ずかしさが込み上げてくる。

「君もそれなら覚えているでしょう？」

陣内に問われ、裕之は顔を伏せたまま頷いた。

言葉の記憶はなくても、体の記憶ははっきりと残っている。どれだけ陣内に求められたか、この体が覚えている。それが陣内の想いの深さだというなら、これほど誰かに愛されたことはない。

陣内が裕之の肩に手を置いた。

その手に釣られたように、裕之が顔を上げると、陣内が優しい笑顔を浮かべて裕之を見下ろしている。

「手が止まっていますすね」

自分でするといっておきながら、さっきから裕之の手はただタオルを握っているだけだった。それを陣内に指摘される。

陣内は笑顔のまま、裕之からタオルを取り上げられた。

「俺が……」

取り返そうとした裕之の手を、陣内が封じる。

「私にさせてください」

陣内の声に、からかうような響きはない。

「恋人のために何かできるのは、嬉しいことでしょう?」

そう言われては、裕之も嫌だとは言えない。そして、そう言われたことに喜んでいる自分にも気付いていた。

陣内が柄にもない葬儀屋の営業を受け入れたのも、恋人である裕之のために何かしたいという気持ちの表れだったようだ。

恋人が自分のために何かをしてくれる。恋人同士の関係なら当たり前のことでも、当たり前でない陣内がすることで、嬉しいと思う気持ちは倍増する。

強引だし、勝手だし、普通じゃないし、不満は山ほどあるのだけれど、それを上回るほどに陣内に惹かれている。

「だったら、俺もあとで先生の体を拭きます」

裕之は照れくささを隠して言った。

一方的にされるばかりでは、男として情けない。それに、与えられた愛情には応えたい。それだけ自分も陣内を想っていることを、言葉で言えない代わりに、態度では伝えておきたかった。

「それはいい考えです」

陣内が嬉しそうに笑う。

陣内がよくわからない男だという印象は、今も変わっていないけれど、裕之を想ってくれていることだけは、わかるようになった。裕之にはそれで充分だった。

◇　◇　◇

穏やかで落ち着いた日常、というのは、記者である裕之にはなかなか回ってこない。

一つの記事を書き終えたからといって、当然、それで終わりというわけでなく、退院して以降は、以前よりも忙しく走り回っていた。大半は与えられた仕事をこなすことに費やされてはいるが、それでも、時間を見つけてはネタ探しにあちこちに顔を出していた。如月を見習ってのことだ。携帯のメモリも、着々と増えている。すぐに如月に追いつけるとは思っていないが、近づくための努力は怠《おこた》らないでいたかった。

その如月が、珍しく編集部に顔を出した。雑誌が発売された直後でもないのに、どうしたんだろうと、裕之が見つめていると、如月はまっすぐ裕之のもとに近づいてくる。

「よお、何で急に引っ越した？」

唐突な質問に、裕之はすぐには答えられなかった。

「隠すなよ」

如月はさらにせっついてくる。

「何で知ってるんですか？」

「お前、住所変更届けを出してんじゃねえか」

手続きの関係があるから、確かに総務には届けを出した。だが、編集部の誰にも言わなかった。特に如月には何を勘繰られるかしれないと、知られないよう気を遣っていたつもりだった。

「ずいぶんといいマンションだよな」

如月はさらに裕之を驚かすような言葉を続けた。

「見たんですか？」

「俺の情報量を舐めんなよ。住所だけでだいたいわかんだよ」

どうやら如月の情報源は、総務の誰からしい。それでなければ、詳しい番地まで知ることはできないはずだ。

如月の言うように、陣内のマンションは『いい』マンションだった。裕之は引っ越しした、その日に初めて訪れ驚いた。さすがに医者というべきか、それまで裕之が住んでいたワンルームマンションとは大違いで、広さはもちろん、外観も内装も全てにおいて、高級感漂うマンションだった。セキュリティも完璧だ。オートロックなのに、さらに管理人も常駐《じょうちゅう》している。裕之は毎朝、管理人に見送られて出勤していた。

「医者ってのは、やっぱり儲《もう》かんだな」

世間話のように、如月は何気ない口調だったが、その内容に裕之は言葉をなくす。

引っ越しをしたことは、ばれてしまったから認めたものの、陣内のことまでは総務にも言っていない。それなのに、如月はマンションが陣内のものだと知っていた。

驚いて何一つ言い返せない裕之に、如月は不敵な笑みを寄越した。

「俺と、あの先生、どこで知り合ったと思うよ？」

「どこって……」

そういえば、知り合いだとは聞いていたが、どんな知り合いだとか、どこで知り合ったのかは、どちらからも聞かされていなかった。

如月は周囲を見渡し、一際声を潜め、

「ゲイバーだよ」

裕之を驚かせる言葉を口にした。

まさか職場で耳にするとは思わなかったゲイという言葉に、裕之の鼓動は跳ね上がる。裕之は不自然な態度で視線を逸らせ俯いた。

「俺は取材のためならどこにでも顔を出すけど、あの先生は違うだろうなあ」

思わせ振りな如月の言葉に、裕之は顔を上げられない。如月の追及を避けるためもあるが、それよりも、今まで考えなかった可能性で、思考がいっぱいいっぱいになっていた。

陣内が元々ゲイだったという可能性を、裕之は一度も疑ったことがなかった。自分がそうかもしれないということで、他人にまで気が回らなかったせいもあるが、それにしても、間が抜けすぎている。男にまったく興味がなければ、裕之に仕掛けたことの数々はできないはずだ。陣内がすんなりと男である裕之を好きだと認め告白してきたのも、ずっとゲイだと認めて生きてきたからに違いない。

裕之は自分自身に呆れて苦笑した。

「なんだ、余裕の笑みか?」

如月が裕之の顔を覗き込んで言った。

「違いますよ。記者としてまだまだだと思っただけです」

裕之は正直に答えた。

一人前の記者なら、陣内と如月が知り合いだと聞けば、どこで知り合ったのかまで聞いていて当然だ。裕之はそれをしなかった。

「急に、そんな今更なことを反省されてもな」

そんなことは知っているとばかりの如月の言葉に、裕之はまた苦笑するしかない。

「で、新婚生活はどうよ?」

依然として声を潜めたまま、冷やかすように如月が尋ねてくる。

「そんなんじゃないですから」

否定はしてみたものの、如月に対してはほとんど効果はないだろう。

陣内と同居を始めて一週間が過ぎた。陣内は全ての手続きを裕之になり代わってこなし、裕之が段ボール一つの荷造りもしないうちに、裕之の部屋の荷物は全て、陣内の部屋に運び込まれた。

そうして始まった同居も、当初、裕之が気にしていたほど、特別なことは何もなかった。一緒に暮らしているからといって、いつも一緒にいるわけではない。陣内は忙しいし、裕之も不規則な生活だ。昨日など、一秒も互いに顔を見ることはなかった。入院させられていたときのほうが、一緒にいる時間は長かったような気がする。

それでも、一緒にいることができる時間は、必ず陣内は側にいて、過剰《かじょう》なほどのスキンシップを図ろうとする。そして、それは最後にはいつも恋人同士の営《いとな》みに変わる。

「何を思い出し笑いなんかしてんだよ。やらしいな」

如月が軽く裕之の頭を叩いた。

「思い出し笑いなんかしてませんよ」

「幸せそうな顔で、にたーっと笑ってたじゃねえか」

自覚はなかったが、如月の目にはそう映るのかと思うと、急に恥ずかしさが込み上げてくる。陣内のことを思い出しただけで、幸せな表情になる。まるで、陣内にべた惚れですと言っているようで、裕之は顔を赤くした。

「仕事と恋の両立はさせろよ」

「だから、違いますって」

赤い顔で否定しても、真実味はない。現に、如月もまったく信じていない顔だ。

「秘密ってわけか」

ニヤッと笑う如月に、背中に冷たいものが走る。

「俺が本気になったら、暴けないことなんてねえんだぞ」

如月の実力は、裕之もよく知っている。脅すような言葉に、裕之は息を呑む。

「もっとも」

如月は今度は人好きのする笑顔を浮かべて、

「お前らの性生活を暴いたところで、俺には何の得にもならねえからな。そんなに暇じゃや、ねえんだよ」

完全にからかわれている。裕之は恨めしげに如月を見上げた。

「おっと、いつまでもお前と遊んでる場合じゃなかった」

裕之の視線は無視し、如月は壁の時計を見ながら言った。

「これから取材ですか?」

夜の七時を過ぎているが、記者には時間など関係ない。今も編集部には、ほとんど人の気配はないが、大半は仕事で出ている。

「他に何があるよ」

如月は当然だとばかりに答え、編集部を飛び出していく。

編集部に顔を出してから、出ていくまでに如月がしたことといえば、裕之を冷やかしたことだけだ。いったい何をしに来たのかと、裕之は首を傾げる。如月のことだから、ただの時間潰しではないだろうが、聞いたところで素直に教えてくれる人でもない。それにもう飛び出していったあとだ。

裕之はまたパソコンの画面に目を戻した。メールの送受信を確認し、パソコンを終わらせる。これで、今日の仕事は終わりだ。あとは明日の取材の準備をしておこうとしたときだった。

机に置いていた裕之の携帯が着信音を響かせた。裕之が手に取ると、着信表示はさっき出ていったばかりの如月だった。

「何かありましたか?」

通話ボタンを押し、聞こえてきた如月の声に、裕之はそう問いかけた。何か忘れ物でもしたのかと思ったからだ。

それに対しての如月の答えは、裕之の予想外のものだった。

『ビルの下に、医者がよく乗るような高級外車が停まってるけど、心当たりは?』

裕之は携帯を耳に当てたまま、慌てて窓に近づき、外を見下ろした。

ビルの前の車道に、黒い車が停まっている。この距離でも車種がわかる。陣内の車だ。どうして陣内が、この時間にこんな場所にいるのかがわからない。特になんの約束もしていなかった。

如月に何と答えようか迷っているうちに、既に電話は切られていた。

今日の仕事はもう終わっている。明日の取材の準備も急いで終わらせ、裕之は慌てて荷物を片付け、外に出た。

車はまだ同じ場所に停まったままだった。裕之がそれに近付くと、窓ガラスを叩くまでもなく、陣内が気付いて、窓を下げた。

「いきなりどうしたんですか？」

車内の陣内に、裕之は問いかける。

「もう終わったんですか？」

陣内はそれには答えず、笑顔で問い返してきた。

「だから、出てきたんですよ」

裕之はわざと素っ気なく答えた。

陣内の車を見つけたから、慌てて出てきたと言えば、陣内を喜ばせるだけだ。

「それはよかった。じゃ、乗ってください」

陣内はまったく気にした様子もなく、裕之を促す。

ここで立ち話をしていれば、編集部の誰かに見られるかもしれない。裕之は助手席に回り込み、車に乗り込んだ。

「それでは、帰りましょう」

裕之がシートベルトを締めるのを確認してから、陣内が車を走らせた。

「電話するとか、考えなかったんですか？」

裕之は常に編集部にいるわけではない。今日も午後四時過ぎてから、初めて編集部に顔を出せたくらいだ。行き違いになる可能性は充分にある。

「期待させておいて、もし、急患でも入って途中で帰ることになったら、がっかりさせてしまうでしょう？」

「俺は別に」

裕之は照れくささを隠すために、顔を窓の外に向けた。

「それに、きっと会えると確信していましたから」

「如月さんに聞いたんですか？」

「彼とは病院で会って以来、連絡を取っていませんが」

陣内はそこまで言って、小さく笑った。

「もしかして、まだ彼とのことを疑ってますか？」

「そうじゃないけど、俺は編集部にいないことも多いから」

裕之の言葉に、陣内が納得したように頷く。

「それじゃ、今日、会えたのは、愛の力があったからこそなんですね」

陣内は恥ずかしい言葉を、恥ずかしげもなく堂々と口にする。聞いている裕之のほうが恥ずかしさに顔を赤くした。それを誤魔化《ごまか》すように、

「そうだ、先生に聞きたいことがあったんです」

如月の名前を出したことで、如月に言われたことを裕之は思い出した。

「先生と如月さんはゲイバーで出会ったって、本当なんですか？」

「そうですよ。私がよく行く店に、彼がふらりと入ってきたのが初対面でしたね」

「ゲイバーによく行くってことは、先生はゲイ？」

「今、気付いたんですか？」

珍しく陣内が驚いた声を出す。

「なんで、言ってくれなかったんですか」

「聞かれませんでしたから」

陣内は味気ないほど、あっさりと答える。

陣内のことだ。本当に隠しているつもりはなかったのだろう。

「言ってくれてたら、あんなに悩まなかったのに」

「もしかして、君は自分がゲイであることに悩んでいたんですか？」

「普通は悩むでしょう」

裕之の答えに、陣内は本気で考え込む仕草を見せた。

そうだった。陣内には『普通』の思考回路などなかった。陣内には、悩むということすら、無縁のような気がしてくる。

「俺は今まで、ずっと普通に生きてきたんです。これからだって、普通に生きていくと思ってたんですよ」

裕之の告白を聞いた陣内が笑い出す。

「何がおかしいんですか」

生き方を馬鹿にされたようで、裕之はムッとした。

「君にそこまで愛されていたとは」

「何言って……」

「そういう、君にとっての常識を捨ててもいいと思えるほど、私のことを愛してくれているんでしょう?」

裕之は言葉に詰まる。

つまりはそういうことだ。今までの常識を捨てても、この常識外れの男を選んだのは裕之自身だ。理性じゃなくて、感情が先に陣内を選んでいた。

「大丈夫ですよ。世間はそこまで冷たくないですから」

陣内が裕之を安心させるように言ったが、どうも、素直に安心できないのは、相手が普通の常識を持ち合わせない陣内だからだ。

「どういうこと？」

「私は病院でもゲイであることをカミングアウトしています」

衝撃の告白に、裕之は言葉もなく陣内を見つめるしかできなかった。

「方々から見合いの話を持ちかけられましたので、そのたびにそう言って断っていました。だから、今では誰も私に見合いの話は持ってきません」

「てことは、みんな知ってる？」

「そうでしょう」

それで、看護師たちに陣内のことを尋ねたとき、微妙な態度だったはずだ。医療過誤とは関係のないことだった。

「もしかして、俺のことも」

「師長には言ってあります。恋人だから、私が全てすると」

だから、ただの検査入院とはいえ、裕之の病室にはほとんど看護師が寄りつかなかったのだ。裕之はがっくりと肩を落とした。もうあの病院には顔を出せない。

「裕之、どうしたんですか？」

突然、名前で呼ばれ、驚いて裕之は反射的に顔を上げる。名前を呼ばれることなど、親や親戚以外にはほとんどなかった。しかも、陣内は今までに一度もそう呼んだことはない。

「なんで、いきなり名前なんか」

「やはり恋人同士ですから、名前で呼び合うべきかと思いまして」

そう言って、陣内は沈黙する。裕之の反応を待っているのだ。

名前で呼び合うべきだから、つまりは裕之にも名前で呼んでほしいと陣内は訴えている。

陣内は何も言わずに、ただ裕之が口を開くのを待っている。

車内に静かな時間が流れる。

「いいじゃないですか。別に名前に拘らなくたって」

今更だという思いと、やはり照れがあって、裕之はどうしても陣内の名前を口にすることができない。

「いつまでも先生と呼ばれるのは味気ないものです。最中に先生と呼ばれるのは、何かのプレイのようで、それはそれで楽しいんですが」

「言えばいいんでしょう」

放っておくと陣内は何を言い出すかわからない。もっときわどいことまで言い出されそうで、裕之は慌てて、

「公隆《きみたか》」

初めて陣内の名前を口にした。

赤信号で車が停まる。

「よく言えました」

陣内がハンドルを離し、顔を近づけてくる。

「危なっ……」

抗議の言葉は唇に呑み込まれた。

代わりに、裕之は陣内の背中を叩く。

「照れてるんですか?」

顔を離した陣内は納得いかないように言った。

「じゃなくて、外ですよ」

「それが?」

陣内にとっては、場所などたいした問題ではないらしい。

ゲイだと認めて生きていくことの不安も、記者としての将来への不安も、なくなったわけではないが、陣内と付き合っていくことを思えば、たいした問題ではないように思える。

新しく増えた悩みに、それでもその悩みを受け入れている自分自身に、裕之は苦笑するしかなかった。

あとがき

こんにちは、そして、はじめまして。いおかいつきと申します。リンクス様からは二冊目となりますが、私にしては珍しいことに、二冊とも、年上攻です。そして、珍しくないことに、やっぱりどこか強気受です。当初の予定では、強気受ではなかったのに、この手が勝手に……。攻は初めて書くタイプでしたが、非常に楽しかったです。

さて、今回、悩まされたのはタイトルでした。仮で付けていた、『非常識な恋人』は、あまりにもそのまんますぎるだろうと、前半を生かし、後半だけを変えようと言葉を探しました。結果、出来上がったのが『非常識な愛情』。そのまんま、ではないはずですが、どうでしょう?

佐々木久美子様、素敵なイラストをありがとうございました。キャララフを見せていただいたとき、なぜか、担当様が得意気だったことは忘れられません。悔しいので、この本が出たあかつきには、私が得意気に自慢して回りたいと思います。

担当様、今回もまたまたお世話になりっぱなしでした。的確なアドバイスにはいつも感謝しております。ありがとうございました。

そして、最後に、この本を手にしてくださった方へ、最大の感謝を込めて、ありがとうございました。

いおかいつき

LYNX ROMANCE

加速《かそく》する視線《しせん》

義月粧子　illust. 有馬かつみ

898円
(本体価格855円)

高校時代ひそかに憧れていた人物との偶然の再会――。会社員の森中国迩は、思わず彼――江崎圭輔を呼び止めていた。江崎が自分を覚えていてくれたことを意外に思いつつも、森中は江崎と友人として付き合うようになる。端整な容姿で、男女問わずもてる彼に強く惹かれていく森中。今の関係を壊したくなくて彼への想いを抑えようとしていたが、ある日、江崎が綺麗な青年にキスしているところを目撃してしまい――!?

LYNX ROMANCE

フィフス

水壬楓子　illust. 佐々木久美子

898円
(本体価格855円)

人材派遣会社『エスコート』のオーナーである榎本のもとに、新しい依頼人から電話が入る。相手は衆議院議員の門真巽。彼はボディガードを依頼し、さらにそのガードを同行させるプライベートな旅行に榎本を誘う。実は榎本と門真は、十七年前、榎本が中学生の時にある取引をし、月に一度、身体を重ねる関係だった。旅行に誘われたのは初めてで、二人の関係の微妙な変化にとまどいを覚えながらも、榎本は門真の誘いを受けるが…。

LYNX ROMANCE

グレゴールの遺言《ゆいごん》

絢谷りつこ　illust. 山岸ほくと

898円
(本体価格855円)

さびれた街で暮らすエクトのもとに、十年前に失踪した恋人のグレゴールが突然現れる。空白の時間を埋めるように、身体と心を重ねる二人。再会を喜ぶエクトだったが、グレゴールの言動に、以前の天真爛漫な彼とはどこか違う印象を持ち始める。そのことを問いかけた途端、グレゴールは再び姿を消してしまい――。エクトを待ち受ける、衝撃の事実とは…？　甘くて切ない永遠のラブストーリー。

LYNX ROMANCE

抱《だ》きしめて、恋《こい》を教《おし》えて

大鳥香弥　illust. 一馬友巳

898円
(本体価格855円)

大学生の萩原和也は、長年付き合っている恋人の浮気現場を目撃してしまう。だが、恋人に想いを残す和也は、離れられずにいた。辛い想いに疲弊する日々をおくる和也の唯一の安らぎは、一冊の本がきっかけで親しくなった、喫茶店のマスターと過ごすひとときだった。やがてマスターの温かさに惹かれ始め、恋人への想いとの間で悩む和也だったが……。辛い恋を乗りこえ、運命の人に出会うセンシティブラブストーリー。

LYNX ROMANCE

蒼《そう》天《てん》の月《つき》

可南さらさ　illust. 夢花李

898円（本体価格855円）

月夜の晩、桜が咲き誇る庭で、遙は端整な顔立ちの少年・牙威と出会う。わずかな時間の中で遙を気に入ったと言う牙威は、謎の言葉と甘美なキスを残して姿を消した。数日後、バイト先で起こった怪事件に巻き込まれ危機に陥った遙は牙威に救われる。彼は神の力を持つ「龍神」だった。だが力を使うには、力の源を与える者と契約を交わす必要があるという。牙威に命を救われた遙は牙威と契約を交わすが…。

LYNX ROMANCE

ひそやかに熱《ねつ》っぽく

柊平ハルモ　illust. 小路龍流

898円（本体価格855円）

緊張に震えながらも、一途に自分を求めてくれた青年――。

人材派遣会社を経営する相野は、一晩を共にし、一年後に再び会うことを約束して別れた青年・幸のことが忘れられずにいた。そんな中、相野は幸と偶然に再会するが、彼のよそよそしい態度に疑問を抱く。相野を避け何かに怯えているような眼差しを見せる幸。彼がライバル企業の秘書で、社長の愛人であると知った相野は……。

LYNX ROMANCE

その花《はな》の馨《かぐわ》しき色《いろ》…

火崎勇　illust. 雪舟薫

898円（本体価格855円）

事務所で、新しいマネージャーの敷島に引きあわされたモデルの富海は、その日から彼と同居することになる。強引で不遜な敷島を腹立たしく思う富海。だが敷島は、三流モデルの富海には不相応な大きな仕事を取ってきては、富海の欠点を指摘し的確なアドバイスをあたえた。反発しつつも、富海は彼の実力を認めざるを得なかった。そんなある日、富海はモデル仲間から、敷島がかつて有名なモデルだったと聞いて……!?

LYNX ROMANCE

音《おん》楽《がく》室《しつ》で秘《ひ》密《みつ》のレッスン

成田空子　illust. 石丸博子

898円（本体価格855円）

全寮制男子校に入学した俺・保志希は、学園の伝統行事である五月祭を前に貞操の危機にさらされていた。なぜかって？　それは五月祭の間、口説き落とせたら『お持ち帰り』できるというシステムがあるからだ!!　そんなある日、先輩たちの過激なアプローチから逃れて音楽教室に隠れていると、音楽教師・西園寺一光が現れ、ピアノを弾き始めた。その音色の心地よさに眠ってしまった俺は、目覚めた途端、先生に襲われて――!?

LYNX ROMANCE

お金《かね》じゃないっ

篠崎一夜　illust. 香坂透

898円
(本体価格855円)

左手には現金一杯のケース、右手には愛しい綾瀬。祇園にとって最高の日になるはずが、なぜか人生最大のピンチに!? AVを制作していた祇園は出演者に騙され大金を要求される。金を借りようと狩納の事務所を訪れた祇園だったが、言い出せないまま自分のケースと間違えて狩納のケースを持ち出してしまう。さらに忘れ物を届けにきた綾瀬と追っ手から逃げる羽目になって──!? 大人気シリーズ第6弾!!

LYNX ROMANCE

冷《つめ》たい指先《ゆびさき》

柊平ハルモ　illust. 小路龍流

898円
(本体価格855円)

怜悧な美貌を持つ社長秘書の瑞原久弥は、役員である柴本輝に、突然口説かれる。切れ者で野心家の柴本に不信感を持っていた瑞原は、彼の真意をさぐるため、「瑞原の気持ちが柴本に傾くまで手を出さない」という条件でつきあいはじめる。しかし、友人のようなつきあいを続けるうちに、瑞原は柴本の優しさに惹かれていく。ある日、柴本のマンションに連れていかれた瑞原は、なぜか憤っている柴本に力づくで抱かれてしまい…。

LYNX ROMANCE

夜《よる》に溺《おぼ》れて

きたざわ尋子　illust. 北畠あけ乃

898円
(本体価格855円)

大学生の古賀千紘は、過去につらい別れ方をした仁藤諒一にやり直させてほしいと請われ、再び彼と恋人同士になった。諒一を信じたいと思いながらも、臆病な千紘は諒一に対する警戒心を拭いきれない。以前と違い、優しく接してくる諒一にも戸惑い、千紘は諒一とぎこちない生活をおくっていた。そんな中、諒一から『籍を移さないか』と告げられるが、千紘は素直に頷くことができず……。

LYNX ROMANCE

暗闇《くらやみ》とKiss

坂井朱生　illust. 緒田涼歌

898円
(本体価格855円)

大学生の倫弘は大切な人を亡くしたつらい過去を乗りこえて、フリーライターの国近と恋人同士になる。些細な喧嘩をくり返しつつも、倫弘は国近への想いが日々膨らんでいくのを自覚していた。そんな中、国近が何年も追いかけていた仕事が佳境に入る。多忙ながらも倫弘を気にかけ優しくする国近だったが、自分が彼の負担になっているのではと倫弘は考え始めていた。その矢先、国近が事故にあったと報せが届き──!?

LYNX ROMANCE

束縛《そくばく》の甘《あま》い罠《わな》

バーバラ片桐　illust. 松本テマリ

898円
(本体価格855円)

綺麗でかっこよく、女の子に人気のある和弥は、幼馴染みの雄斗にひそかに恋心を抱いていた。そんなある日、雄斗の元にバレンタインの本命チョコが届けられる。焦った和弥は、雄斗と女の子の関係を進展させないようにいろいろと画策するが、ハプニングから思いがけず雄斗とキスしてしまう。その日、雄斗の家でレッスンと称して彼を誘った和弥を、雄斗は激しく抱いて――!?

LYNX ROMANCE

クラッシュ

水壬楓子　illust. 佐々木久美子

898円
(本体価格855円)

悪夢は土曜の夜に始まった――。警視庁勤務の夏目高臣は、仕事も恋愛も思いのままのキャリア官僚。週末に出向いたクラブで出会った、好みの青年・侑生と一夜を共にする。――が、抱くつもりだった思惑とは逆に、武道に長けた侑生に力ずくで押さえこまれ、抱かれてしまう。強引に「初体験」をさせられ、屈辱と怒りに歯がみする夏目。その上、侑生がまだ高校生と知らされた挙げ句、脅されてマンションに住み着かれ…!?

LYNX ROMANCE

愛《あい》で暴《あば》く

水戸泉　illust. 御園えりい

898円
(本体価格855円)

見知らぬ部屋で目覚めた若木圭介は、全裸で監禁されていることに気付き驚愕する。そんな圭介の目の前に、失踪していた親友・久我山新が現れる。かつて彼に迫られ逃げ出して以来、圭介は行方知れずになっていた新を探していた。自分の無責任な言動が、彼を傷つけたのではと気に病んでいた圭介は、困惑しながらも再会を喜んだ。しかし、新は極上の笑みを浮かべ、悪夢のような言葉を圭介に突きつける。『私の女になれ』と……。

LYNX ROMANCE

永遠《えいえん》の青《あお》に包《つつ》まれて

高崎ともや　illust. 笹生コーイチ

898円
(本体価格855円)

男娼としての人気に陰りが見える竹瑠は、酷い扱いを受ける場末の娼館に売られる運命だった。そんな竹瑠の前に、逞しい体躯に鋭い双眸を持つ男・月和が客として現れる。様々な場所を巡り、商売をする自由な月和に憧れを抱いた竹瑠は自らの境遇を正直に打ち明け、懸命に奉仕する。月和の手で溺れるような快楽を初めて経験し、良い思い出になったと寂しく微笑む竹瑠。だが翌朝目覚めると、月和から共に旅をしようと言われ――!?

LYNX ROMANCE

騎士《きし》と誓《ちか》いの花《はな》

六青みつみ　illust. 樋口ゆうり

898円（本体価格855円）

戦乱と飢饉によって衰えていくシャルハン皇国で、過酷な生活をおくる奴隷のリィト。そんな彼を救ってくれたのは、黒衣の騎士・グリファスだった。両親亡き後、誰からも優しくされなかったリィトは、彼の包み込むような気持ちに惹かれていく。そんな幸せな時を過ごしていたある日、リィトはグリファスから、彼が仕える皇子の身代わりを頼まれる。命を救ってくれたグリファスのため、リィトは身代わりとなることを決意するが…。

LYNX ROMANCE

ポルノグラフィック

バーバラ片桐　illust. 高座朗

898円（本体価格855円）

多額の借金返済のため、AV監督をしている荻原はプライドを捨て、即金になるゲイビデオに出演することに。相手は、荻原に一目ぼれしたという端整な顔立ちの大学生・緒方。本番なしの疑似セックスのはずが、勘違いした緒方に激しく抱かれ、荻原は初めて感じる強烈な快楽に身悶えてしまう。撮影後も、何かと訪ねてきては荻原に食事をおごる緒方との関係は続いて…!?

LYNX ROMANCE

週末《しゅうまつ》の部屋《へや》で

きたざわ尋子　illust. Lee

898円（本体価格855円）

一途な性格で綺麗な容姿の安達久貴は、祖父の会社の秘書だった竹中に恋をし続けている。中学生の時に告白してふられていたが、彼への想いを断ち切れなかった。大学生になったある日、久貴は再び告白しようと竹中の元を訪れた。しかし、彼から想い人がいると告げられ、久貴は激しいショックを受ける。叶わない想いと知りながらも久貴は、竹中の傍にいられたらと、身体だけの付き合いを申し出るが……。

LYNX ROMANCE

花《はな》隠《がく》れ

華藤えれな　illust. 佐々木久美子

898円（本体価格855円）

京都の嵯峨野で独り京友禅の店を営む、たおやかな美貌の染色師・結月千尋。彼は不況の煽りで背負った借金のため、地元の名士に身を任せることが決まっていた。無気力に日々を過ごす千尋のもとに、ある日、怒気をあらわにした男が訪れる。手には千尋が手がけた能の舞台衣装。その色が気にいらないと憤る彼は、能の名門・篁ノ院家ゆかりの能楽師だった。千尋は色直しを申し出るが、些細な行き違いから男に陵辱を受け——!?

LYNX ROMANCE

嘘《うそ》から始《はじ》まるロマンス

いおかいつき　illust. 有馬かつみ

898円
(本体価格855円)

無類の車好きで運転代行会社に勤める森下航は、自らの美貌には全く無関心。だがある日、仕事で知り合った会社の社長・左崎雄作にその鋭利な美貌に目を付けられ、とんでもないバイトに誘われる。それは、色仕掛けである男を誘惑してほしいというものだった。もちろん断ろうとした航だが、端整な容貌の雄作に言葉巧みに口説かれ、さらに雄作の貴重な車を乗り回せるという条件に承諾してしまい……。

LYNX ROMANCE

罪《つみ》よりもいとしくて

杏野朝水　illust. 片岡ケイコ

898円
(本体価格855円)

「俺、求が欲しいんだ」
綺麗で優しいと評判のカフェ店員・広田求は、弟のような存在である八坂将史から想いを告げられる。家族を亡くし、遠縁にあたる八坂家の世話になっていた求だが、押し切られるようにして将史と身体を重ねるようになってしまう。けれど一方で、求は将史の父親とも関係を持っていて…!?
淋しい心が織りなす、淫らで不埒な恋愛遊戯。

LYNX ROMANCE

専《せん》制《せい》君《くん》主《しゅ》のロマンス

鷺沼やすな　illust. 佐々木久美子

898円
(本体価格855円)

イベント会社勤務の有能なサラリーマン・雛崎充の弱点は『血に弱い』こと。強引でマイペースな先輩・風森尚吾は、雛崎の弱味を知る唯一の人間だった。トラブル続きで参っていた雛崎は、ある日、酔った勢いで、怪我をした風森の傷口に唇で触れてしまう。極端に苦手なものに触れれば、落ち込みの突破口が開けるような気がしたのだ。しかし、風森からその行為を「誘った」と言われ、ベッドに引きずり込まれてしまい……。

LYNX ROMANCE

揺《ゆ》れる吐《と》息《いき》に誘《さそ》われて

和泉桂　illust. 緒田涼歌

898円
(本体価格855円)

コンサルタントの吉住志信は、親友に密かな恋心を抱いていた。ある雨の晩、親友から結婚すると知らされショックを受けた志信は、ずぶぬれのまま見知らぬ青年とタクシーに相乗りする。躰を温めるため青年・海江の部屋に招かれた志信は、淋しさから誘われるまま彼に抱かれ、淫蕩な技巧に翻弄されて悦楽に溺れてしまう。行きずりの男との関係はそれで終わるはずだったのだが、なんと海江は親友が経営する店のバーテンダーで…。

この本を読んでの
ご意見・ご感想を
お寄せ下さい。

〒151-0051
東京都渋谷区千駄ヶ谷4-9-7
(株)幻冬舎コミックス　小説リンクス編集部
「いおかいつき先生」係／「佐々木久美子《ささきくみこ》先生」係

リンクス ロマンス

非常識な愛情

2005年9月30日　第1刷発行

著者……………いおかいつき
発行人…………伊藤嘉彦
発行元…………株式会社　幻冬舎コミックス
〒151-0051　東京都渋谷区千駄ヶ谷4-9-7
TEL 03-5411-6431（編集）
発売元…………株式会社　幻冬舎
〒151-0051　東京都渋谷区千駄ヶ谷4-9-7
TEL 03-5411-6222（営業）
振替00120-8-767643
印刷・製本所…図書印刷株式会社
検印廃止

ISBN4-344-80641-7　C0293
Printed in Japan

幻冬舎コミックスホームページ　http://www.gentosha-comics.net